KB236076

제11회
소월시문학상 수상작품집

문학사상사

제 11회 소월시문학상 수상작 선정 이유서

1997년도 제 11회 소월시문학상의 대상 수상작으로 시인 문정희 씨의 작품 〈키 큰 남자를 보면〉을 선정한다.

문정희 시인은 일상의 현실에 스며 있는 삶의 허무를 균형잡힌 시적 형식 속에 담아 내어 놓는 작업을 꾸준히 지속하여 오고 있다. 지나치게 간결한 것이 자칫 가벼워 보일 수도 있고, 일상의 틀을 벗어나지 않는 그 시적 관심 영역이 평범한 것으로 인식될 수도 있다. 그러나 일상의 경험을 초월하는 상상력과 정서의 심연에서 건져올리는 언어의 비범성은 이 시인의 시에서 발견할 수 있는 시적인 미덕이다.

문정희 시인의 시들이 우리 서정시의 새로운 전통을 이어가는 소중한 작업으로 평가될 수 있는 것은 시적 언어의 자유로움과 시적 정서의 균형있는 변주라고 할 것이다. 이 시인의 관심이 인간적인 것에서 문명적인 것으로 확대되고 있는 것도 더욱 주목해 볼 수 있는 변화이다. 이 시인에게 소월시문학상이 더 깊고 넓은 시의 세계를 일구어 나아갈 수 있는 힘이 될 수 있길 바란다.

1996년 6월

소월시문학상 선고위원회

구 상 · 김남조 · 이어령 · 오세영 · 권영민

독창적 형상성과 인간적 진실의 실재

구　상(具常)

　내가 예심에서 넘어온 20여 명 가까운 시인들의 시편들을 읽고 관주(貫珠)를 치고 본심에 나아간 것은 정해종 님의 시편들이었다.

　그 시들은 이즈막 시들 같지 않게 자의식의 사변(思辨)이나 요설(饒舌)에 흐르지 않고 그 표상이 참신하면서도 간명하고, 또 그 실재에 있어서도 등가량의 진실성이 담겨 있었다. 그런데 정해종 님은 그 등단연수가 10년이 못 미치는 데다 내가 상상치도 않은 바 문학사상에 편집장으로 있다는 사실이 그를 내세우는 것을 단념케하고 말았다.

　그리고 이번 수상작인 문정희 여사의 시편들도 그 형상성에 있어서 독창성과 우수성을 지니며 또한 인간적 진실이 실재하여 돋보였으며, 나의 낡은 감각에서랄까 그 제재가 세태풍조에 흘러 있어 다소 마음 내키지 않은 점이 있긴 하였지만, 그녀의 시가 다수의 천거를 받았기에 나도 이의 없이 찬동하였던 것이다.

범자의 좋은 풍모

김 남 조(金南祚)

　올해도 질량간에 풍부한 작품 안에서 한 사람의 수상자를 최종 선별하게 되었다. 대략의 작품 성향은 이 시대 우리의 삶의 핍진하는 자화상류이며 특히는 견뎌내기 어려운 황량감과의 대결 의식임을 살필 수 있었다.

　필자는 일단 상위권에 문정희·김기택·정해종·김용택·이문재 등을 추리게 되었고 이들의 창작 활동이 든든하고 흡족하게 여겨졌다. 다시 두세 번을 정독하면서 문정희를 지난 해 작품의 수위자 후보로 정했고 다른 심사위원 중에도 동일한 평가들이 있었기에 순조롭게 수상자 결정을 문정희에게 낙점하였다.

　문정희 씨는 최근시집 《남자를 위하여》에서 그 역량을 증명했다 하겠으며 냉철하게 삶을 해부하면서도 그 수용 자세가 유순하고 너그럽다. 어느 정도는 항상 낭만스럽고 따뜻하고 장난기 섞인 구문으로 읽는 이의 감수성이 부담할 상처를 미리 처방한다는 말이 가능하다. 또한 지나치게 선스럽거나 설법적일 수 있는 데서 미리 거리를 떼어놓고 있는 일종의 지혜를 감지하게도 된다. 그의 자의식은 소박 소탈하여 범자(凡者)의 풍모를 지니므로 친근감을 자아낸 다. 근래의 시들 중에는 작가의 노력부족으로 의미없는 난해성이 파생해 있곤 하는데 이 점에서도 그는 충실히 작품을 다듬었음을 알 수 있다. 더하여 그의 내면에서 들끓고 보채는 열정과 생동하는 애환이 사랑스럽게 공감되는 점도 플러스 요인으로 지니고 있다.

앞으로 그의 존재적 질서와 내용성이 어디로 어떻게 갈 것인지는 미지이겠으나 오늘 현재 그의 감성과 지성은 좋은 성향을 여럿 지니면서 잘 익어 단맛을 깃들이고 있다. 하여 안정감 있는 우수작의 반열에 들어섬직하다.

이 시인과 다른 후보 시인 모두에게 경의와 격려를 보낸다.

안정된 시적 태도와 깊은 정조의 언어들

이 어 령 (李御寧)

　나는 금년도 소월시문학상의 수상자로 문정희 시인을 꼽았다. 우선 수상 후보자로 최종심사에 올라온 시인들 가운데 두드러진 시적 업적을 보이고 있는 시인이 눈에 띄지 않은 데다가, 문정희 시인만큼 안정적인 시 세계를 구축하고 있는 시인이 없었기 때문이다. 문정희 시인의 시들은 두 가지의 특징을 지니고 있다. 하나는 정서의 깊이를 더하고 있는 언어의 무게. 다른 하나는 예지를 담고 있는 시적 통찰력이다.

　문정희 시인의 시들은 대개가 잘 다듬어져 있다. 균형 잡혀 있는 형식과 안정되어 있는 어조는 이 시인이 가꾸어온 시의 아름다움을 더해주는 매우 소중한 미덕이 되고 있음을 알 수 있다. 이 시인의 시들은 그 시적인 관심이 평범한 일상에 빠져 있는 듯한 느낌을 주기도 하지만, 간혹 보이는 알레고리적인 표현과 문명적인 것에 대한 비판이 빛을 발하고 있다. 삶에 대한 허무 의식으로부터 벗어나기 위한 노력도 매우 진지하다.

시인 이하석의 시편에 대해서도 나는 깊은 애정을 지니
고 있다. 그러나 이 시인의 경우는 이번 발표작들이 특별
하게 돋보이지 않는다. 자기 시 세계를 새로운 차원으로
끌어올리는 노력이 이 시인에게는 필요한 때가 되었다고
본다.

　소월시문학상 열한 번째를 맞으면서 오랜만에 소월시다
운 서정성에 잇닿아 있는 시인을 수상자로 선정한 것을 기
쁘게 생각한다.

아름답고 건강하고 의미 있는 세계를 위하여

오 세 영(吳世榮)

　예심을 거쳐 본선에 올라온 시인들은 모두 열다섯 분이었다. 모두 나름대로 개성을 지닌 시인들이었는데 전체적으로 예년에 비해서 나는 두 가지 인상을 받았다. 하나는 —물론 수상자인 문정희 씨의 경우는 예외라 할 수 있지만—세대가 젊어졌다는 점이다. 소월시문학상도 이제 수상자들의 세대가 교체되는 시점에 있지 않나 하는 생각이 들었다. 다른 하나는, 모르는 사이 우리 시들이 어떤 경향성이라고 할까 혹은 시류성 같은 것에 도식화되고 있지 않나 하는 느낌이다.

　꼭 수상 후보작들에 국한된 이야기는 아니지만, 우리 시단의 젊은 시인들의 시에 진지함이나 감동, 서정성, 인간애, 통합된 사고, 진솔성 등이 결여되어 가고 있는 것은 불행한 사태라고 생각한다. 두 가지 이유에서인데, 하나는 그것이 과연 작품상의 가치를 획득할 수 있을 것인가 하는 문제요, 다른 하나는 그러한 경향성이 센세이셔널리즘에의 편승이라는 프레스티지에도 불구하고 바로 그들이 발을 딛고 서 있는 지반을 스스로 허물어 내는 결과를 초래하여 궁극적으로는 자신까지도 죽임을 당하게 하지 않을까 하는 점이다.

센세이셔널리즘도 좋고 '새로움'도 좋지만은 그것이 최소한 자신의 지반을 허물어뜨리는 행위까지 나아간다는 것은 불행한 일이 아닐 수 없을 것이다. 프로 권투 선수가 링을 폭파해 버리면 어디서 권투를 할 것이며 어떻게 관중을 모을 수 있을 것인가. 오늘의 한국 젊은 시단이 바로 그 꼴이 아닌가 나는 생각한다. 그 증거로는 이미 독자들이 시를 외면해 버린 지 오래라는 점이다. 그러한 관점에서 우리의 젊은 시인들은 자신이 뛰는 링을 허물어서는 안 되겠다는 최소한의 윤리 의식을 가져야 할 것이다. 하물며 그 '새로움'이라는 것이 사실은 햄버거나 피자와 같은 이방음식의 '새로움' 이상이 아니라면 더 말할 필요가 없다. 우리들은 이 '새로움'이라는 것이 과연 진정한 의미에서 '새로움'인 것인지 혹은 외국의 것을 모방하면서 그것을 '새로움'이라고 착각하고 있는 것은 아닌지 진지하게 성찰해 보아야 한다. 무책임한 정신병적 자기 독백이나 의미 없는 비문법적 언어 유희를 인내심을 갖고 읽을 독자들은 우리 시대에 아마도 거의 없을 것이다.

이러한 관점에서 필자가 주목했던 시인은 문정희 씨와 김용택 씨였다. 두 분 가운데서 필자는 문정희 씨를 먼저 추천했으나 후배인고로 김용택 씨 역시 언제인가 소월시문학상이 수상되리라 믿는다. 김용택 씨의 시에는 인간에 대한 건강한 믿음과 따뜻한 사랑이 감동적으로 형상화되어 있다. 그의 언어는 통합되어 있으며 삶의 일상성을 이야기하면서도 정신의 순결성을 잃지 않는 아름다움을 보여 준다. 문정희 씨의 시 역시 통합된 언어와 건강한 세계 관을 지녔다는 점에서 김용택 씨와 크게 다를 바 없다. 그러나 그의 시적 관심은 보다 다양하고 개방되어 있다는 데 호감이 갔다. 이전의 시에서 필자가 미흡하게 생각했던 부분들, 즉 느슨한 시적 구조, 소시민 의식에의 자족성, 시상에서의 긴장감의 결여 등이 이번에 출간된 시집에서 극복되어 있다는 것도 새로운 발견이었다. 특히 수상작의 경우 상상력이 개성적이며 시어의 구사가 활달한 것, 완결되고 긴장된 시상의 전개 등은 상찬 받아 마땅하리라고 생각한다. 다만 한 가지 이 상의 수상을 계기로 그 동안의 문학적 방황을 정리하고 시작에 보다 전념해 주실 것을 부탁드린다.

감성적 언어와 지적 통찰력의 조화

권 영 민(權寧珉)

    1997년도 소월시문학상은 문정희 시인에게 돌아갔다. 이 시인의 시적 작업은 한마디로 감성의 언어와 지적인 통찰력의 조화를 잘 보여 준다. 이번에 수상작으로 결정된 작품들은 특히 문명적인 것에 대한 비판적인 성찰이 잘 드러나 있다. 정서의 심연을 두루 거치면서 이 시인이 마주하게 된 것이 바로 이러한 시적 세계라는 것은 참으로 소중한 일이다.

    심사 과정에서 내가 주목한 것은 김명수, 김용택, 문정희 세 시인이다. 2, 3인의 대상 후보자를 지명하게 되었을 때에도 나는 이들 세 사람의 시인을 지명하였다. 이들은 각각 특징적인 시의 세계를 지니고 있다.

    김명수 시인의 경우에는 시적인 인식의 깊이를 더해 가고 있는 근작들에 애착이 간다. 날카로운 비판 의식과 시적 알레고리를 잘 구사해온 이 시인의 시들이 삶에 대한 포용력과 그 초월의 의지를 보이기 시작한 것은 연륜과도 무관하지 않다. 김용택 시인의 경우는 시적인 자세나 그

소재의 영역이 거의 변함이 없다. 시적인 어조마저도 초기 〈섬진강〉의 시대와 별로 달라진 것이 없다. 이러한 특징은 시적 소재에 대한 집념을 보여 주는 것이다. 그러나 이것은 자칫 시적 고정성으로 읽혀질 수도 있다는 점이 문제다.

  최종 투표에서 문정희 시인이 심사위원 모두의 지지를 얻었다. 이 시인에 대한 심사위원들의 평가는 대체로 새로운 시적인 변모 과정이나 기법적인 모색에 대한 것이라기보다 그동안의 꾸준히 전개되어온 진지한 시적인 작업에 대한 관심이었다고 말하고 싶다. 금년도의 수상 후보작들이 지나치게 평범하였기 때문에, 오히려 문정희 시인의 서정적인 작품들이 소월시문학상에 더욱 잘 어울렸다고 말할 수도 있을 것이다. 다시 한번 문정희 시인에게 축하를 보낸다.

차 례

심사평

대상 수상작

문정희

● 수상작가 자선작

김용택

이문재

이하석

정해종

기수상 작가 우수작

송수권

임영조

대상 수상작

문정희

키 큰 남자를 보면 외

1947년 전남 보성 출생
동국대 국문과 및 동대학원 졸업
서울여대 대학원 졸업, 문학박사
'95년 아이오와 대학 국제창작 프로그램 참가
1969년 《월간문학》 신인상으로 등단
1975년 현대문학상 수상
시집 《문정희시집》·《새떼》·《찔레》
《혼자 무너지는 종소리》·《아우내의 새》
《하늘보다 먼 곳에 매인 그네》·《남자를 위하여》 등
시극 〈구운몽〉·〈도미〉 등

키 큰 남자를 보면

키 큰 남자를 보면
가만히 팔 걸고 싶다
어린 날 오빠 팔에 매달리듯
그렇게 매달리고 싶다
나팔꽃이 되어도 좋을까
아니, 바람에 나부끼는
은사시나무에 올라가서
그의 눈썹을 만져 보고 싶다
아름다운 벌레처럼 꿈틀거리는
그의 눈썹에
한 개의 잎으로 매달려
푸른 하늘을 조금씩 갉아먹고 싶다
누에처럼 긴 잠 들고 싶다
키 큰 남자를 보면

농담

대장간에서 만드는 것은
칼이 아니라 불꽃이다.
삶은 순전히 불꽃인지도 모르겠다.
시가 어렵다고 하지만
가는 곳마다 시인이 있고
세상이 메말랐다고 하는데도
유쾌한 사랑 의외로도 많다.
시는 언제나 칼이어야 할까? 천도의 불에 연도된
사랑도 그렇게 깊은 것일까?
손톱이 빠지도록 파보았지만
나는 한번도 그 수심을 보지 못했다.
시 속에는 언제나 상처뿐이었고
사랑에도 독이 있어 한철 후면 어김없이
까맣게 시든 꽃만 거기 있었다.
나도 이제 농담처럼 가볍게
유쾌하게 하루 해를 보내고 싶다.
대장간에서 만드는 것은
칼이 아니라 불꽃이다.

즐거운 밀림의 노래

백화점마다 모피 세일을 한 후
거리에는 때아닌 짐승들이 밀려나와
소란을 떨었다.

빌딩 사이로 밍크가 재빨리 사라지는가 하면
지하실에는 양 한 마리가 석간신문을 사고 있었다.
오리들은 남의 이불 속까지 숨어들었다지.
아이구 재미있어라, 심지어 악어들조차
젊은 계집애의 겨드랑이에 끼어서 이를 악물고 있었다.
뱀들은 요즘엔 주로 살찐 사내들의 허리를 노린다는군.

비야 오지 마라.
이 도시가 무서운 밀림이 되고 말리라.
나이 어린 여우 두 마리가 열렬히 교미를 하며
호텔문을 나서는 것을 보아라.
네거리에 멈춰선 자동차 안에도
신호등을 노려보는 낙타의 검은 눈이 있다.
주름살 수술을 하고 돌아가는 중년여자의
목을 애무하는 살쾡이들.
쥐나 토끼들도 털을 세운 채
택시를 기다리는 청년의 호주머니를
슬슬 덮치고 있다.

그렇잖아도 짐승이 많아 늘 체증이던
이 도시엔 백화점 세일 후 퍼져나온 짐승들로
더욱더 스산해지고 있다. 정글이 되어가고 있다.

아름다운 곳

봄이라고 해서 사실은
새로 난 것 한 가지도 없다
어디인가 깊고 먼 곳을 다녀온
모두가 낯익은 작년 것들이다

우리가 날마다 작고 슬픈 밥솥에다
쌀을 씻어 헹구고 있는 사이
보아라, 죽어서 땅에 떨어진
저 가느다란 풀잎에
푸르고 생생한 기적이 돌아왔다

창백한 고목나무에도
일제히 눈뜰 같은 벚꽃들이 피었다
누구의 손이 쓰다듬었을까
어디를 다녀와야 다시 봄이 될까
나도 그곳에 한번 다녀오고 싶다

늙은 여자
—여자의 나이

여자들은 서른 살 때부터
자신의 나이를 감추기 시작한다.

아니, 스물아홉 살 때부터
서서히 부끄러워한다. 돌틈새에 끼인
엉겅퀴처럼 미안하게 서른을 산다.

마흔이 되는 날, 촛불 한 개를 켜 놓고
여성에서 해방되어 비로소 인간이 되는
첫 번째 생일을 맞으리라는
친구여
촛불을 불기 전에 생각해 보아라. 그대
그 날 비로소 인간이 되는 것이 아니라
이제는 심지어 여자조차 아닌
아무짝에 쓸모 없는
늙은년이 되는 것뿐이로다

여자 나이 마흔 그리고 쉰
저 푸르고 넉넉한 목초지를
벌써 폐허로 내던져 놓고
그 위로 가죽장화 신은 도적떼들만 지나가고 있다

터미널호텔 2층 로비

노인에게 시집간 친구가 무슨 일로 짐싸들고 나온 날
쨍쨍한 여름 햇살을 뒤로 하고
그녀 따라 올라간 터미널호텔 2층 로비
음산한 형광등 불빛 아래
청소부 아줌마가 수근거리며
와이샤쓰상자를 들여다보고 있다.
날짜와 방 번호를 매달고
생고무줄에 줄줄이 묶여 있는 남자시계와 여자금반지
아직도 욕정으로 반뜩이는 가짜 루비반지에
긴 머리칼 한 올 얽혀 있었다.
곰팡이 핀 푸른 플라스틱귀고리 위로
매독 앓는 달이 떠오르고
그 주위를 철책처럼 에워싼 누우런 틀니
애꾸눈처럼 박힌 쓰부다이아 귀고리에
론진시계가 헐떡인 채 매달려 있었다.
벌써 변색된 십팔금목걸이도 엉켜 있었다.
생고무줄에 줄줄이 묶여 있는 치정이여,
지금쯤 어디를 배회하고 있는가.
집 나온 친구의 가방을 들고 서서
터미널호텔 2층 로비
통속소설처럼 쓸쓸한 분실물들을 들여다보았다.

제목 없는 하루

새벽에 일어나 아이들 도시락을 싸고
조간신문을 건성으로 읽는다.
(뱀이 풀숲을 기어나와
달을 베어 먹듯이 강렬한 시를 쓰리라)
밥풀 묻은 식기를 내던져놓고
음악을 틀어 놓고 독약 같은 커피를 마신다.
(황사 바람 감기우는 시계 바늘 속에서 뛰어나와
홀로 산맥을 헤맬 때)
세탁기에서 양말짝과 바지가 돌아가고
살인적으로 울려대는 전화를 받는다.
신도시 분양을 알리는 부동산 안내. 아아 빌어먹을
(물은 저 혼자 지은 죄 저 혼자 씻기 위해
미친 듯이 날개를 친다)
식욕 없어 점심은 생략하고
며루치의 똥을 골라낸다. 쌀을 씻어 놓는다.
(조르주 바따이유의 에로티즘을 열고
금기와 위반 속으로 들어간다)
백화점에는 바겐세일이 한창
문화센터는 수지침과 골프 특강을 한다.
(화면은 여전히 누드이다)
또 이렇게 하루가 가는군.
탄식하다가 저녁을 먹고 뉴스를 보다가

(홑치마만 걸치고 숨겨 둔 기둥서방을 만나러
아무도 몰래 자리에서 일어난다……
……뱀이 풀숲을 빠져 나와 달을 베어 먹듯이)

배꼽 나라

오늘 아침, 서태지를 몰아낸 우리 집 식탁은 평화롭다. 결국 쓰러진 서태지를 뜯어먹으며 모두가 안심하고 배를 채웠다. 유토피아를 꿈꾸는 위험한 것들은 모조리 죽어야 해. 기억도 희미한 십수 년 전 '피아노 위의 정사'를 벌였던 백남준을 풍속사범으로 추방한 나라. 그때 함께 해프닝을 벌인 죄로 젊은 화가는 명동 파출소에서 장발을 잘리우고 이 땅을 영원히 떠나 죽기 전까지 빠리와 뉴욕의 뒷골목에서 아무거나 주워 먹으며 그림을 그렸다. 자기와 같지 않으면 무조건 손가락질하는 나라. 길들여 온 것만 받아들이고 조금만 새로운 것이 생겨도 일제히 소방차들을 끌고 나와 물을 뿌리는 나라. 민주주의는 만장일치가 아닌데 만장일치하지 않으면 불안해서 가두고 추방시켜야 시원한 나라. 이런 땅에 무슨 봄이 오고 새로운 꽃이 피랴.

애국심은 팬티와 같아서 누구나 입고 있지만 나 팬티 입었다고 말하지 않는 법, 그러나 민족과 분단을 소리지르며 나 팬티 입었다고 떠벌이는 촌놈들과 기회주의자들과 거짓말쟁이들이 우물 안에서 제 배꼽을 들여다보며 반복과 헛짓을 되풀이하는 오, 넌센스! 슬픈 배꼽이여.

이 땅이 동방예의지국이라고 하면 희희거리고 좁고 무질서한 배꼽이라고 하면 몰지각의 혐의를 뒤집어씌우는 아직도 유아적인 대접에 만족하는 이 땅에 남은 건 너를 죽이지 않으면 내가 죽는 핏발선 경쟁뿐. 일회용의 천박한 대중오락뿐. 천부도 실험도 예술도 없다. 다섯 도둑놈을 시로 쓴 시인은 사상범으로 잡아 가두고 성묘사를 극대화시킨 시인은 풍속법으로 가두고 대학에서도 쫓아내버리고 끝내 윤이상은 고향에 돌아오지 못하고 만리 타국에서 죽어 갔는데 백남준을 이제와선 한국이 낳은 세계적 아티스트라 서슴없이 부르고 정경화 정명훈에겐 카퍼레이드와 훈장을 걸어주다니 오, 맙소사! 그들이 진실로 한국이 낳은 세계적 아티스트인가. 그들의 국적이 미국이건 독일이건 그들을 키운 것이 무엇이었든. 하긴 한국 여자가 낳기는 낳은 것이지. 정박아 장애아 포함해서 일 년이면 수천 명의 핏덩이들을 고무 젖꼭지 물려 해외로 송출하듯 그렇게 푸른싹들 잘라 내던져버렸다가 자라면 내가 낳았다고 자랑하는 평화로운 이 땅의 오늘 아침, 돌풍 같은 서태지의 추락을 바라보며 세계화한다고 개혁한다고 즐겁게 낄낄거려 보네.

　오, 금수 강산, 우리의 배꼽이여.

수상 작가 자선작

문정희
콧수염 달린 남자가 외

콧수염 달린 남자가
키쓰를 하자고 하면
어떻게 할까
구둣솔처럼 날카로운 수염이
입술울 뚫고 들어와
갑자기 내 인생을 쓱쓱 문질러 준다면
......

콧수염 달린 남자가

콧수염 달린 남자가
키쓰를 하자고 하면
어떻게 할까
구둣솔처럼 날카로운 수염이
입술을 뚫고 들어와
갑자기 내 인생을 쓱쓱 문질러준다면

놀랄 일이야
보수주의와 위선으로 무성한
은사시나무를 뿌리째 흔들며
바람부는 날
그의 눈이 숫말의 눈처럼 껌벅거리다가
내 어깨에다 뜨거운 눈물이라도 한 방울 흘린다면
그의 겨드랑이에서 풍겨나는
쉰내가 내 삶의 코를 틀어막는다면

그렇게 화해에 이르르고 말까
언젠가 무주구천동에서 보았던
열녀비처럼 그 자리에 그대로 서 있어 버릴까

할머니와 어머니
—나의 보수주의

김포 공항을 떠날 때 나는 등 뒤에다
모든 것을 두고 떠나왔다
남편의 사진은 옷장 속에 깊이 숨겨두었고
이제는 바다처럼 넓어져서
바람소리 숭숭 들려오는 넉넉한 나이도
기꺼이 주민등록증 속에 끼워두고 왔다
그래서 나는 큰 가방을 들었지만
날을 듯이 가벼웠었다
내가 가진 거라곤 출렁이는 자유,
소금처럼 짭짤한 외로움
이거면 시인의 식사로는 풍족하다
사랑하는 데는 안성맞춤이다
그런데 웬 일일까
십수 년 전에 벌써 죽은 줄로만 알았던
우리 할머니와 우리 어머니가
감쪽같이 나를 따라와
내 가슴 깊숙이 자리 잡고 앉아
사사건건 모든 일에 간섭하고 있다
두 눈 동그랗게 뜨고
"조심조심 길조심" 성가시게 한다

붉은 무덤 얼굴에 달고

이곳에 온 후
가을에도 겨울에도 나는 "메이플라워"에 산다
하지만 한 번도 오월꽃을 보지 못했다.

첫날은 화재경보가 울려
맨발로 벌판으로 쏟아져 나왔고
쏟아져 나온 천명 중에 유독 나만 물어뜯는
모기떼에 쫓겨 허둥거렸지만
나의 얼굴에는 오월꽃 대신
작고 붉은 무덤들이 솟아올랐다

흑인 백인 다 제치고
내 피가 그토록 달더란 말이냐
싱겁게 화재는 그치고 돌아가는 계단에서
나와 똑같이 붉은 무덤을 단
한 동양여학생을 만난다
코리언이냐고 물었더니 고개를 끄덕인다
"그런데 너는 왜 한국말을 잊었느냐"
책망하며 다그치자 그녀는
"나는 입양아다"라고 차갑게 대답한다
한국에 대해선 아무 기억도 없는 코리언
모기들이 먼저 알아보고

그녀와 나의 피만 빨았던 것인가.
혹인 백인 다 제치고
그 가운데 제일로 달디단 피
한국피만 빨아
언니 동생 이쪽 저쪽 건네어주고
똑같이 서럽고 붉은 무덤 만들어준 것인가

＊메이 플라워 : 아이오와 대학 기숙사의 이름

고 독

그대 아는가 모르겠다.

혼자 흘러와
혼자 무너지는
종소리처럼

온몸이 깨어져도
흔적조차 없는 이 대낮을
울 수도 없는 물결처럼
그 깊이를 살며
혼자 걷는 이 황야를.

비가 안 와도
늘 비를 맞아 뼈가 얼어붙는
얼음번개

그대 참으로 아는가 모르겠다.

비의 사랑

몸 속의 뼈를 뽑아 내고 싶다.
물이고 싶다.
물보다도 더 부드러운 향기로
그만 스미고 싶다.

당신의 어둠의 뿌리
가시의 끝의 끝까지
적시고 싶다.

그대 잠 속에
안겨
지상의 것들을
말갛게 씻어 내고 싶다.

눈 틔우고 싶다.

눈을 보며

눈은 하늘에서 오는 게 아니라
하늘보다
더 먼 곳에서 온다.

여기 나기 전에
우리가 흔들리던 곳

빈 그네만이 걸려 있는
고향에서 온다.

첫살에 부서지는 그대 머리칼이
반가운 것은
그 때문이다.

한 생애에 돌아오는 목소리이다

우리들의 호기심
우리들의 침묵이 닿지 않는 곳
그렇게 먼 곳에서
눈은 달려 와
비로소 한 조각의 빛깔이 된다.

파꽃길

흰 파꽃이 피는 여름이 되면
바닷가 명교리에 가보리라
조금만 스치어도
슬픔처럼 코끝을 건드리는
파꽃냄새를 따라가면
이 세상 끝에 닿는다는 명교리에 가서
내 이름 부르는 바다를 만나리라
어린시절 오줌을 싸서
소금 받으러 가다 넘어진 바위
내 수치와 슬픔 위에
은빛 소금을 뿌리던 외가 식구들
이제는 모두 돌아가고 없지만
서걱이는 모래톱 속에 손을 넣으면
차가운 눈물샘은 여전히 솟으리니
조금만 스치어도
슬픔처럼 코끝을 건드리는
파꽃냄새를 따라가서
그리운 키를 쓰고 소금을 받으리라

넘실대는 여름바다에
푸른 추억의 날개를 달아주리라

오빠

이제부터 세상의 남자들을
모두 오빠라 부르기로 했다.

집안에서 용돈을 제일 많이 쓰고
유산도 고스란히 제몫으로 차지한
우리집의 아들들만 오빠가 아니다.

오빠!
이 자지러질 듯 상큼하고 든든한 이름을
이제 모든 남자를 향해
다정히 불러주기로 했다.

오빠라는 말로 한방 먹이면
어느 남자인들 가벼이 무너지지 않으리
꽃이 되지 않으리.

모처럼 물안개 걷혀
길도 하늘도 보이기 시작한
불혹의 기념으로
세상 남자들은
이제 모두 나의 오빠가 되었다.

나를 어지럽히던 그 거칠던 숨소리
으쓱거리며 휘파람을 불어주던 그 헌신을
어찌 오빠라 불러주지 않을 수 있으랴

오빠로 불리워지고 싶어 안달이던
그 마음을
어찌 나물 캐듯 캐내어주지 않을 수 있으랴

오빠! 이렇게 불러주고 나면
세상엔 모든 짐승이 사라지고
헐떡임이 사라지고

오히려 두둑한 지갑을 송두리째 들고 와
비단구두 사주고 싶어 가슴 설레이는
오빠들이 사방에 있음을
나 이제 용케도 알아버렸다.

수목 사이로

왜 나는
저 쭉 쭉 뻗은
수목들을
서방삼을 생각을 못 했을까

손가락을 쫙 펴고
뜻도 없이 어깨에 힘을 주고 서 있는
아이들의 그림만 쳐다보았을까

시간은 레먼 같은 것
처음엔 향긋한 냄새도 풍기지만
찔금찔금 눈물도 나게 하지만
그러나 벗기고 나면 아무것도 안 남느니,

하늘을 찌를 듯한
검초록을 두르고

쉽게 흔들리지 않는
수목이나 서방삼아
크낙새 같은 새끼들이나
주르르 낳았어도 좋았을 것을

크낙새 같이 귀한 자식들
퍼덕퍼덕 길러봐도 좋았을 것을.

성에꽃

추위가 칼날처럼 다가든 새벽
무심히 커튼을 젖히다 보면
유리창에 피어난, 아니 이런 황홀한 꿈을 보았나.
세상과 나 사이에 밤새 누가
이런 투명한 꽃을 피워 놓으셨을까.
들녘의 꽃들조차 제 빛깔을 감추고
씨앗 속에 깊이 숨 죽이고 있을 때
이내 스러지는 니르바나의 꽃을
저 얇고 날카로운 유리창에 누가 새겨 놓았을까.
하긴 사람도 그렇지.
가장 가혹한 고통의 밤이 끝난 자리에
가장 눈부시고 부드러운 꿈이 일어서지.
새하얀 신부 앞에 붉고 푸른 색깔들 입 다물듯이
들녘의 꽃들 모두 제 향기를
씨앗 속에 깊이 감추고 있을 때
어둠이 스며드는 차가운 유리창에 이마를 대고
누가 저토록 슬픈 향기를 새기셨을까.
한 방울 물로 스러지는
불가해한 비애의 꽃송이들을

소리

끓는 쇳물 속에 어린 딸을 바치고도
해와 달이 예순 번을 바뀐 후에야
비로소 완성을 보았다는 에밀레종도
처음엔 소리가 없었다네.

종신 속에 기포가 많아
헛구멍들이 소리를 다 잡아먹은 거지.

그래서 허공에 매달리기
십 년 이십 년 백 년……그렇게 바래지기
또 오백 년……헛것들이 다 사라지고
자연히 구멍이 메워져서, 어느 날
지잉, 징
하늘 땅을 울렸다네.

오, 허공에 매달리기 올해 겨우 마흔 해
내 몸 속을 흐르는 바람길 수천 리

꽃 한 송이

지난해 흙 속에 묻어 둔
까아만 그 꽃씨는 어디로 가 버렸는가.

그 자리에 씨앗 대신
꽃 한 송이 피어나

진종일
자릉자릉
종을 울린다.

추천 우수작

김기택

벌레 2 외

1957년 경기도 안양 출생
1989년 《한국일보》 신춘문예에
시 〈꼽추〉 · 〈가뭄〉 당선
시집 《태아의 잠》 · 《바늘구멍 속의 폭풍》
1995년 제14회 김수영문학상 수상

벌레 2

끊임없이 몸을 늘였다 줄였다 하면서
벌레 한 마리 걸어간다
한껏 긴 몸을 늘였다가 움츠릴 때
몸 가운데가 봉긋하게 솟으면서
몸 아래에 둥근 공간이 생긴다
긴 몸으로 그 공간을 밀어
벌레는 앞으로 나아간다
가만히 벌레의 걸음을 들여다보니
흰 알을 까며 가고 있다
몸을 늘였다 줄였다 할 때마다
하나씩 품어져 나오는 그 알을
수많은 짧은 다리들이 굴리며 가고 있다

화석

그는 언제나 그 책상 그 의자에 붙어 있다
등을 잔뜩 구부리고 얼굴을 책상에 박고 있다
책상 위엔 서류들이 어지럽게 널려 있다
두 손은 헤엄치듯 서류 사이를 돌아다닌다
하루종일 쓰고 정리하고 계산기를 두드린다
전화벨이 울릴 때마다 거북등 같은 옆구리에서
천천히 손 하나가 나와 수화기를 잡는다
이어 억양과 악센트를 죽인 목소리가 나온다
수화기를 놓은 손이 다시 거북등 속으로 들어간다

때때로 그의 굽은 등만큼 배가 나온 상사가 온다
지나가다 멈춰서서 갸웃거리며 무언가 묻는다
등에서 작은 목 하나가 올라와 고개를 가로젓는다
갑자기 배 나온 상사의 목소리가 커진다
목은 얼른 등 속으로 들어가 나올 줄 모르고
굽어진 등만 더 굽어져 연신 굽신거린다
—거북아 거북아 어서 나오너라
—나오지 않으면 구워서 먹으리
모래밭에서 한참 거북등을 굴려보다 싫증난 맹수처럼
배 나온 상사는 뒤돌아 어슬렁거리며 제 정글로 돌아간
다

겨울이 지나고 창안 가득 햇살이 들이치는 봄날
한 젊은이가 사무실에 나타난다 구두 소리 힘차다
그의 옆으로 와 멈추더니 자리를 내 놓으라고 한다
그는 기척이 없다 그 자리에 꼼짝않고 붙어 있다
젊은이가 더 크게 소리치며 굽은 등을 툭툭 친다
먼지가 일어나고 등이 조금 부서진다
젊은이는 세게 그의 몸을 흔들어 댄다
조그만 목이 흔들리다가 먼저 바닥에 굴러 떨어진다
이어 어깨 한쪽이 온통 부서져내린다 사람들이 몰려온
다
거북등처럼 쩍쩍 갈라져버린 그의 몸을 들어낸다
재빠르게 바닥을 쓸고 걸레질을 하고 새 의자를 갖다 놓
는다

신생아 2

저 혼자 열심히 바둥거리며 움직이는
아기의 작은 팔다리를 보니
아무래도 땅 위의 것 같지가 않다
저 움직임은 무중력 속에서 살았었거나
바다 같은 부력을 타고 다니다 왔으리라
양수가 출렁거리는 자궁의 우주
그 아득한 곳에서 이 땅 위로 내려왔지만
아기는 아직도 여기가 땅인 줄 모르는 모양이다
제 우주에서 떠다니다 문득 딱딱한 방바닥을 느끼고는
소스라치게 놀라 울음을 터뜨린다

때때로 아기는 움직임을 멈추고
조용히 세상 밖 어딘가를 보고 있다
그 눈동자를 들여다보니
여전히 몸이 생기기 전의 세상에 있는 것 같다
아직도 제 몸이 없는 줄 알고
크고 아득한 표정을 만들어
아기는 저 혼자 가만히 웃음짓는다
그러다 갑자기 제가 몸 속에 들어 있는 것을 느끼고는
금방 사람의 얼굴이 되어 또 울음을 터뜨린다

內省的

빈속에 술을 마신다
술이 몸의 어둠 속으로 들어간다
밝은 공기를 아무리 많이 넣어도
어두운 공기를 아무리 많이 퍼내도
변함없는 몸의 어둠
발음되지 않은 말들이 사는 곳
어둠에 익숙한 말들이 사는 곳
술 지나가는 자리가 뜨끈뜨끈하다
술은 제 뜨거운 기운으로
물컹물컹한 어둠 속을 파고들어가
빛이 두려워 숨은 말들을 찾아낸다
핏줄 속에 넣고 뻘겋게 끓인다

아직도 발음되지 않은 말들이
술에 데워진 핏줄을 타고 올라오다가
빛이 보이자 급히 숨는다
폐가 술냄새를 듬뿍 쏟아내고
밝은 공기를 크게 들이쉬면
혀는 이나 입술 어디쯤을 자꾸 더듬는다
뿌리는 억세고 줄기는 여린 말들을
술기운이 힘껏 뽑아버린다
얼굴이 크게 일그러진다

그러니까, 에, 저, 말하자면……
줄기와 잎만 우두둑 잘려 나온다
뿌리는 어둠 속에 더 단단하게 박힌다

저녁 6시 반, 헐렁헐렁하고 쭈글쭈글한

저녁 6시 반, 햇빛에 단풍 든다. 직사광선을 찍어 내리던 한낮의 해는 순하고 붉은 빛으로 저녁을 가득 채우고 있다. 햇빛은 더 이상 해를 바라보는 내 눈을 찌르지 않고 따뜻하게 만져준다. 무겁던 구름들은 빈 가죽부대처럼 한껏 헐렁해지고 가벼워져서 붉은 노을을 가득 받으며 느릿느릿 떠다닌다.

짧고 팽팽하던 그림자들은 점점 늘어져 흐물흐물해진다. 나무 그림자 하나가 옆 나무에게 어깨를 기댄다. 옆 나무 그림자도 그 옆 나무에게 어깨를 기댄다. 그 옆 나무 그림자는 옆집 담장을 기웃거리다가 아예 머리를 들이민다. 그 집 담장의 직각 모서리 그림자도 오랫동안 닳은 듯 두리뭉실하다.

내 손등 위에도 붉은 햇빛이 든다. 주름들은 깊은 놈이나 얕은 놈이나, 긴 놈이나 짧은 놈이나, 곧은 놈이나 구부러진 놈이나, 듬성한 놈이나 복잡하게 얽힌 놈이나 할 것 없이 모두 마음껏 편하게 가고 있다. 땀구멍이며 털, 도드라진 핏줄, 좁쌀점들은 나른한 주름에 싸여 가만히 숨을 고르고 있다.

쏜살같은 하루, 날카롭고 첨예한 시간들이 잠시 쉬다 가

는, 한없이 헐렁헐렁하고 쭈글쭈글한, 저녁 6시 반, 단풍
드는 햇빛.

얼음 속의 밀림

겨울 아침 유리창 가득 반짝이는
성에를 본다 유리창에 만발한 하얀 식물
꽃과 잎과 줄기를 본다
무엇일까 막힘없는 물방울들을
섬세한 꽃과 잎의 무늬 안에 가두어 놓은 힘은

결빙의 힘 속에
식물의 본능이 숨어 있었던 것일까
땅 속에서 물을 퍼올려
잎을 피우고 꽃을 터뜨리는 생명의 비밀이
얼음 속에도 있었던 것일까
모든 흐트러짐과 자유로움을
정교하고 엄격한 계율로 만드는
서슬 푸른 法과 道의 세계가
결빙의 과정 속에 있었던 것일까

이 화려한 무늬를 들여다보면
막 얼기 시작한 물이
결빙의 칼날과 환희를 견디다가
절정의 순간 얼음의 결정체마다 살라 놓은
투명한 불의 흔적이 보인다

겨울 아침 하얀 식물 성에를 보며
문득 지상의 모든 얼음들을 떠올린다
푸른 얼음들 속에 울창하게 퍼져 있는
또 다른 원시림을 생각해 본다
청정한 法과 道가
열대의 온갖 동식물처럼
뿌리 내리고 자라 넘실거리는
뛰고 날고 헤엄치며 노는
투명하고 차가운 밀림을 생각해 본다

조성환의 죽음

　조성환이 죽었다. 아무때나 아무데서나 아무나 잘 웃기던, 어른이 되어서도 아이처럼 작고 잘 까불던, 그 조성환이 죽었다. 잘못했어요. 안 그러께요. 한 번만 용서해 주세요. 빠따 맞을 차례가 되면 울며 싹싹 빌던, 한 대 맞으면 펄쩍 튕겨 나동그라지던, 불쌍하면 불쌍할수록 더 웃겨보이던, 그 조성환이 죽었다. 안 죽으려고 살아나려고 살려달라고 마지막으로 발버둥쳤을 두려움에 찬 그 작은 얼굴을 상상할 때, 느닷없이, 그 모습이 얼마나 웃겼을까, 하는 생각이 떠올랐다. 그의 죽는 모습이 혹시 웃겼을까 봐 두려웠다. 그 동안 그가 웃긴 모든 웃음이 갑자기 서늘해졌다. 안 웃기려고 애쓸수록 더 웃기게 죽었을 것 같아 그 죽음이 더 그로테스크해 보였다. 언제나 바보 같이 얼굴에 그려져 있었던 웃음, 코나 입처럼 얼굴에 달려 있었던 웃음, 웃거나 찡그릴 때조차도 멈추지 않았던 웃음, 그 웃음들이 죽어가는 그를 마지막으로 웃기려고 달려들고 있었다. 죽음 앞에서 떨고 있는 조성환을, 보육원에서 매일 밤마다 빠따 맞으며 자란 조성환을, 너무나 가볍고 가냘픈 조성환을, 더 살려두어도 이 세상에 아무런 표시도 나지 않을 조성환을.

추천 우수작

김명수

꿈 속 나무 외

1945년 경북 안동 출생
1977년 《서울신문》 신춘문예로 등단
시집 《월식》·《하급반 교과서》·《피뢰침과 심장》
《침엽수 지대》·《바다의 눈》 등
동화집 《해바라기 피는 계절》·《달님과 다람쥐》 등

꿈 속 나무

곡우 무렵, 지리산 뱀사골 계곡
열다섯 개 구멍 뚫린 거제수나무
죄수처럼 서 있구나
그 거제수나무 둥치에 이어진
열다섯 개의 비닐 봉지
나무의 피 한 방울 두 방울
흘러내린다
시절은 곡우 무렵 봄날이지만
삭은 나무 윗가지 바람에 부러지는데
그 남자의 나이는 어언 쉰 살
어젯밤 꿈 속에 그 거제수나무를 보았단다
곡우 무렵, 지리산 뱀사골 계곡
열다섯 개의 구멍이 뚫린
거제수나무 서 있다

福字 무늬 새겨진 사기 그릇 하나

아내와 아이들
단출한 핵가족 식탁에 앉아
입맛 잃은 저녁을 먹고 있는데
산재 병원으로 달려가는
요란한 구급차 소리 귓전에 파고든다

이주 단지 뒷산 쓰레기더미에 福字 무늬 새겨진
이 빠진 사기 그릇 하나 버려져 있다

그날이 벌써 3, 40년 전이었다
밀짚대 태운 모깃불 연기 자옥이 피어 오르던
대가족 밥상머리
감자 섞인 보리밥
福字 무늬 새겨진 그 사기 그릇에 밥 받아 먹던
그날이 벌써 3, 40년 전이었다

선창 술집

앵미리 굽는 연기가 술집 안에 자욱하다
오징어배를 탔던 사내 장화를 신은 채
목로에 들어와 소주를 마신다
주모는 술손님과 너나들이로 스스럼이 없다
남편도 옛날에 오징어배를 탔다 한다
사내들이 주모에게 소주잔을 건네고
주모가 서슴없이 술잔을 받는다
진눈깨비 몰아치고 날씨가 사납다
술청 안에 욕설이 뒤섞이고
멱살잡이가 벌어진다
자정이 넘어서야 술집 불이 꺼지고
비틀대며 사내들이 선술집을 나선다
동이 트자 환한 해가 술청으로 쏟아진다
어느새 주모가 선창으로 나선다
안주감을 흥정하는 그녀의 얼굴에
싱싱한 아침해가 환하게 빛난다

어제의 바람은 그치고

어제의 바람은 그치고
오늘의 바람이 불고 있다

어제의 바람은 꽃잎을 지게 하고
오늘의 바람은 나뭇잎을 흔든다

비바람 속에 흔들리는 나무여
비바람 속에 흔들리는 초목이여

우리의 오늘도
우리의 역사도 무엇이 다르랴

풍우 속에 나무는 상처를 지니고
설한 속에 나무는 무늬를 지니나니

우리의 삶도, 우리의 역사도
비바람 없이 어찌 내일을 맞으리

상처를 안은 나무여
바람 속에 나이테를 지니는 나무여

어제의 바람은 그치고

오늘의 바람이 불고 있다

어제의 바람은 꽃잎을 지게 하고
오늘의 바람은 나뭇잎을 흔든다

발자국

바닷가 고요한 백사장 위에
발자국 흔적 하나 남아 있었네
파도가 밀려와 그걸 지우네
발자국 흔적 어디로 갔나?
바다가 아늑히 품어 주었네

작은 공간

모룩이 피어 있는 보랏빛 엉겅퀴에
꿀벌 한 마리 파고들었네
손끝으로 건드려도
엉겅퀴꽃 속 꿀벌 나오려 하지 않네
시켜서 이루어질 리 없는 전일한 합일이여
하얀 망초꽃도 그 곁에 피어 있어
초여름 햇살조차 내려앉으니
나 또한 끼여들 작은 공간이여
나 있어 이 산야에 흠이 없다면
꽃과 벌 사이의 아늑한 길에
오래도록 발 멈춰 나도 서 있네

내가 기르는 강아지들

내가 기르는 강아지 두 마리
한 마리는 머리에 털이 많고
또 한 마리는 어느새
어금니도 나 있다
너희들은 문득
이름도 없는 너희들은
봄에 피는 산수유
혹은 4월에 돋는 무릇싹,
입모습이 정이 가는 돌고래
또는 멀리 있는 사람의 그리운 편지
적막한 밤하늘에 묻히는 流星을 떠올린다
아이도 아내도 없는 빈집에서
내가 홀로 오수에 잠기면
내 곁 그늘에 와서 머리 묻고
함께 잠드는 두 마리 강아지들
너희들은 나에게
먼 들판, 먼 바다,
그리운 사람, 아득한 우주를 일깨운다

추천 우수작

김용택

집을 찾아서 외

1948년 전북 임실 출생
순창농림고등학교 졸업
1982년 《21인 신작시집》에 〈섬진강 · 1〉을 발표하며 등단
김수영문학상 수상
시집 《섬진강》 · 《그리운 꽃 편지》
《그대, 거침없는 사랑》 · 《강 같은 세월》 등
현재 임실에 있는 초등학교 교사로 근무중

집을 찾아서

　그대는 지금 부안 가는 길 어드메쯤 바닷가 낮은 지붕 돌담집 마당에 서서 노을 지는 서해 바다를 보고 있다 그대가 서 있는 집 돌담 너머 어느 밭가에는 노란 유채꽃이 피어 있다 바람이 불어 유채꽃이 흔들린다 노랑나비 한 마리가 꽃잎을 떠났다가 바람이 가버리니 유채꽃잎에 다시 앉는다 그럴 때는 나비도 꽃이다.
　그대 집 담 너머에는 파꽃이 희게 피기도 하고
　그대는 하얀 수건을 쓰고 뜰팡에 앉아 흰 파뿌리를 다듬는다 바다가 그대 눈썹 아래까지 다가왔다가 간다 보리밭에 보리가 파랗게 자라 누렇게 익으며 쓰러지기도 하고 무릎을 짚고 일어나 바다를 보기도 한다 배추가 싱싱하게 자란 늦가을이면 그대는 수건 쓰고 호미 들고 밭에서 돌아온다
　산그늘 속에 산도라지 꽃이 피고 바람이 분다
　멀리 배가 통 통 통 지나가고 바다가 파랗게 부서진다 그대 고운 머릿결이 내 가슴에 파르르 내려앉는다 가랑비가 내릴 때도 있다 가랑비 내리면 길가에 풀잎들이 살아나며 눈을 뜨고 바다로 난 좁은 흙길이 구불구불 붉게 젖는다 젖어 바다로 간다 문을 열어 놓고 팔 베고 모로 누워 비 오는 바다를 바라본다 집이 가난하여 배가 될 때도 있다
　어느 날은 그대도 없는데 눈이 내린다 돌담 위에도 눈이

소복이 쌓여 낮은 처마를 가린다 하루가 다 찼는지 집이 환하게 해가 진다 해는 바다에 다 가서야 바다 위에 황금 물결로 길을 열어 봄을 바다에 내린다 그대가 가야 할 길이 잠깐 해까지 멀리 닿아 있다 고기들이 길 밖에서 뛰어오른다 그대 흰 치맛자락이 차분히 내린다

그대 집 뒤안 보리밭머리 장다리꽃밭에서 봄빛을 부수며 배추흰나비가 바다로 훨훨 날아간다

파도야
파도야

나비 속날개 젖을라 눈을 내리깔고 그대가 파도를 부른다 불이 잘 들어가는 방 두 개 부엌 하나, 새 풀잎 돋는 그대 집 마당을 날아가는 나비 그림자도 보이는

깨끗한 가난 가난한 사랑
집을 찾아서 부안 가는 길

적막강산

느티나무 잎 다 졌네
꽃보다 고운 것들이 얼마나 많은가
느티나무 밑을 돌아오는
내 여인이 그렇고
햇빛 좋아 바람 없는 날
강가에서 늦가을 물을 보는
농부의 일 없는 등이 그렇다
느티나무 잎 다 졌네.

쑥
—사람 없는 강가에서

너그 집 고구마 다 떨어졌쟈
응 너그 집도 글쟈
응
　햇살이 눈부시게 쏟아지고 강물은 허기처럼 푸르게 어지러웠다 봄인 것이다 모래흙 깊이 번득이는 작은 칼을 쑤셔 흰 쑥뿌리를 잘라 쑥잎에 묻은 마른 풀잎을 털어 헌 소쿠리에 던지며 아이들은 얼굴을 서로 쳐다본다 모래밭 가에 흰제비꽃이 피고 흰나비 한 마리가 강 건너 빈 산으로 날아간다 흰 적삼과 검정 치마, 어린 쑥에 다가가는 튼 손들 붉은 속살이 환히 보였다
　봄인 것이다.

섬진강
—기화의 사랑

사랑이 그리도 깊더냐
어디에 닿지 못하고
기화는 그리워 헤매도네
물이 그리나 깊더냐
물 끝에도 닿지 못하고
기화는 오늘도 사랑따라 흐르네
하얀 억새들은
너의 몸짓처럼 강언덕에 서럽고
죽어도 닿지 못하는 사랑처럼
시린 강물에 어리며 눈물이네
어디에서 오는가 떨어지는
첫 눈송이들은
강물에 눈뜨고 겁없이 사라지는데
흐르는 눈물이여
노래 한 곡도 없는 사랑이여
누구 하나 목놓아 부르지 못하고
강가에 나앉아
기화는 흐득이네
아무리 멀리 흔들려도
뿌리는 땅에 있어
아, 사랑이여
하얀 이 손짓으로 누구를 부르랴

강물에 지는 해여 노을이여
복사꽃잎같이 날리다 오는
눈송이들이여
나는 가네.

＊기화 :《토지》에 나오는 인물

그 해 그 겨울 그 집

—지금도 나는 그 집에서 살지만 그 때 그 집이, 그 눈 오는
집이 이따금씩 또렷하게 떠오르곤 하는 것이다

밤이 빨리도 찾아오는
산 속 마을에
며칠간이고 눈이 내리면
밤마다 산노루가 산을 헤매이며 울다가
마을 뒤안까지 내려와 바스락거리고
부엉이는 부엉부엉 울었다. 배가 고팠던 것일까
나는 잠을 빼앗겨 버리고는
이따금씩 마루에 나가 가만히 서지곤 하는 것이었다
어쩔 때는 눈보라가 마루까지 들이치고
내 얼굴에, 내 맨발의 발등에 눈송이가 와 닿아
나는 깜짝깜짝 놀라곤 하였다
처마 끝에서는 눈송이들이 몰려다니고
어둔 밤 강물은
큰 붓자욱같이 검게 그어져 있는 것이었다
하얀 앞산
밤에도 보이는 저 눈 쌓인 하얀 산에서
순하디 순한 숫사슴은 울었는가
눈보라 속에서는 아직도 부엉이가 부엉부엉 울어대고
나는 마루에서 돌아와
다 식은 방바닥에 몸을 누이고는
턱 끝까지 이불을 끌어다 덮어도
어깨가 시렸고

콧김이 시렸다
숫노루같이, 나는 산도 없는데 저 숫노루같이
밤마다 왜 잠이 오지 않는가
얼마나 잠이 없이 마음이 훤한지
그 노루가 걸어다닌 발자욱이
그, 산길이 다 떠오르는 것이었다
사륵사륵 사르륵 눈 위에 눈 내리는 소리가 다 들리는
것이었다
닭이 몇 차례 울었는지
장독가에 감나무가 있는 큰집 큰아버님의 숨넘어갈 듯
한
새벽 기침 소리가 처마끝에 쌓인
눈을 허무는 것이었다

날이 밝을 무렵에야 내 두 눈은 나도 몰래 그냥 스르르
감기었다
내가 누워 자는 방에다 아버님이 소죽을 끓이시며
톡톡 분질러 아궁이에 넣은 삭정이에
토토톡 투둑 불꽃이 일어 타는 소리와
훌훌훌 불꽃이 검은 아궁이 깊이 빨려 들어가는 소리에
쌓인 눈도 밤새워 울던 숫노루의 울음 소리도 다
눈 녹듯 사라지고

거칠지 않은 고른 숨결 소리를 내자 가만가만 따라가다
나도 그냥 푹 꺼지는 것이었다

그렇게 세상을 다 잊어버리고 잠을 곤히 자다가는
두 눈이 또 나도 몰래 살며시 떠지면
창호지 문에 밝은 눈빛이 가득 비추고
뚫어진 문구멍으로 하얀 밖을 보며 나는 백설처럼 깨끗
한 맘으로
자리를 털고 일어나지는 것이었다
그런 날이면
나는 아직 아무도 건너지 않은
징검다리를 나 혼자 가만가만 건너갔다가 건너와 보는
것이었다
눈이 하도 많이 온 날은
그냥 마루에 서서
산이고 강이고 작은 논밭이고 간에 하얀 눈이 덮인 그런
산천을 오래오래 바라도 보며,
그런 세상이 바라다 봐지는 것이었다
김칫독이 묻힌 데까지
간장독이 있는 장독까지
변소 가는 길까지
소가, 우리집 큰 황소가 흰 입김을 훅훅 뿜으며 소죽을

먹는
　소막까지
　환하게 눈을 쓴 길로
　한번 가셨다가 한번 오신
　아버님과 어머님의 발자국도 보곤 하였다
　그러다가 나는 다시
　그 숫노루 생각이 나서
　그 숫노루를 생각하고는
　깊은 생각에 잠기는 것이었다
　그 생각에 빠지면 나는
　산도 눈도 강도 나무도 집도 다 지워지는 것이었다
　그렇게 잠을 자고
　느닷없이 퍼붓는 눈도
　문을 열고 내다보며
　낮에는 삶은 고구마에다
　이 시린 싱건지 국물을 마시고
　가닥김치를 걸쳐도 먹으며
　웃기도 하고
　눈이 녹는지
　강 건너 소나무 가지가 뚝 부러지는 소리도 들으며
　책도 읽고 시도 쓰며
　그 해 그 겨울 그 집에서 나는

긴 긴 겨울을 다 지냈던 것이다

그리고
그 해 봄이 온 어느 날 강에 나가 발을 씻고
풀밭을 맨발로 걸으며
샛노랗고 새하얀 작은 풀잎들에게 내 눈길이 가 머물 때
또 그 숫노루의 울음 소리를 나는
거짓말같이 들었던 것이다
눈을 오래오래 바라보며 마루에 서 있던 나도
맨살에 날아와 흰 꽃잎같이 닿던 그 차디찬 눈송이도
잠 못 들고 뒤척이던 내 모습도
불때는 아버님의 환한 가슴과 환한 얼굴도
잔잔한 물결에 다 밀려오는 것이었다
참, 그렇지, 그랬었지 그 생각들이 봄물결처럼 이는 것
이었다

추천 우수작

이문재

그렇다고 기린이 왜가리를
좋아할 리 없다 외

1959년 경기도 김포 출생
경희대 국문과 졸업
1982년 《시운동》 4집에 작품 발표하며 등단
김달진문학상 수상
시집 《내 젖은 구두 벗어 해에게 보여줄 때》
《산책시편》 등

그렇다고 기린이 왜가리를 좋아할 리 없다

俗離山에 친구 만나러 간다
나는 俗里에 있고
친구는 俗離에 있다
속리산 가는 길에 나는
아직 뿌리 튼실하지 못한 논에서
아직 농약에 죽지 않은 우렁이며
미꾸리를 쪼아대는 왜가리를 보았다
기린은 고개 숙이지 않기 위해
모가지가 길어졌지만
왜가리는 더 깊이 쑤셔박기 위해
모가지가 길어졌다
밤에 왜가리는 소나무 위에서
자지만 기린은 땅에서 꿈꾼다

속리산에서 내려온 친구
잿빛 왜가리에게 손을 내민다

겨울 부석사

먼 길 달려와 축시 읽고 나자
텅 빈 사과밭 문득 보인다, 붉은 것들을
읽히고 난 나무, 나무들 사이로
젊어, 부석사 가는 길
신행하는 청춘의 이마에 터지는 빛 알갱이들
폭죽처럼, 시간이 앞을 가로막는다

그렇다면 예서 서 줘야지, 서야지
배흘림기둥이 되어 버린 중년들
축시 후렴은 까맣게 잊고, 숨이 차
당간지주에서 한 번 쉰 다음 안양루 오르는데
아, 거기 삿갓이 먼저 와, 삶의
삶인 것의 거죽을 확, 벗겨내고
소백산 능선들을 보라, 오래된 나무에
새겨 놓았으니 한 번 보라, 한다

능선들의 파노라마를 향하여
한 배흘림기둥이 말한다
부석사는 저녁 노을이 좋다, 아직
덜 나온 배흘림인 나는 천군만마로 가득

저 트인 산록을 덮쳐 올 눈보라도

괜찮을 것이라고 중얼, 중얼

젊어, 돌아앉은 무량한, 무량의 부처는
아직 뵙지를 못하고 답사만 무량, 중얼하다가
어, 부처가 돌아앉았다면, 그렇다면
아, 세상도 돌아앉은 것, 나도 돌아서 있는 것
중얼, 중, 얼하다가
삿갓의 시력과 시야에만 마음 쓰는데
또 한 배흘림 부처 앞으로 돌아간다
돌아앉은 부처 앞에 오체를 투지하는
한 생애의 옆모습이 보여서
젊어, 젊은 나는 민망하고 부끄러웠다

안양루 지붕이 삿갓으로 보일 때쯤
돌아앉은 부처에게 나는, 다시 돌아앉으라고
세상을 정면해야 하는 것 아니냐고, 중얼거리며
아무도 모르게 몸을 던져놓고, 돌아나온다

뜬다는 것은 높이가 아니다
부석은 하나의, 그러나 분명한 틈일 뿐이라는
부석의 소리가 그때 들려왔다, 높이 뜨면
날아가는 것, 낮게 떠 오래 있어야 하는 법이라는

무거운 부석의 소리가

사과꽃 필 무렵, 다시 가서 보리라
저 不和의 가람을
부석의 불화
부처의 불화
부석과 부처의 불화
당간지주와 배흘림의 불화
무량수전과 절집들의 불화
사과꽃과 용맹정진과의 불화
삿갓과 나의 불화
나와 무수한 나의 불화
불화끼리의 불화, 불화, 불, 화, 저
이 모든 불화들이, 그런데
아, 佛畵
만다라가 아닐 것인가

현무암도 무겁다

꿈에 그런 스크린이 있었다, X레이 인화 필름처럼 전파
에 민감한 스크린
  얼굴이 보이지 않는 사람들이 나를 끌고 그 앞에 세워
놓았다

  누가 아주 고운 목소리로 뒤돌아서세요, 라고 했다
  아, 내 몸은 현무암처럼 구멍이 숭숭 뚫리기 시작했다
  모든 인간을 호출하는 전파가, 모든 수신기를 찾아다니
는 전파가, 모든 헤르츠의, 모든 방향의 전파가, 전자파가
내 몸을 전후좌우상하에서 요격하고 있었다, 관통하고 있
었다, 내 몸은 일체의 저항이 없었다.
  「느와르 시네마 천국」을 만든 감독의 사살 장면 모음을
본 매니아라고 하더라도
  나의 현무암 꿈 앞에서는 눈 감았을 것
  잠시 후, 현무암은 스르르 녹아 내리고
  스크린에는 뼈의 그림자만 희미하게 남아 있었다
  납으로 만든 가운을 입은 의과대학생들이
  무너진 뼈를 내려다보며 빙 둘러서 있었다
  한 학생이 핸드폰을 꺼내 들었다

  이제 살아 있다는 것은
  온갖 전파를 온몸으로 통과시킨다는 것이다

전파에 총살당한 꿈에서 깨어나
땀이 홍건한 현무암을 수습하고 출근하는데
　1호선 전철 안에서 한 중년부인이 핸드폰에 대고 고래고
래 소리를 지르고 있었다―이달 말까지 꼭 입금시켜! 내
가 죽는단 말야, 뭐라구, 기다려, 어,
　겔포스로 덮고 나온 궤양 자리를 그 전파가 관통, 아―
무궁화위성 발사가 성공적이라는 톱뉴스가 한반도 상공을
가득 비행하던 날이었다

겐지에 울다

오랜만이다, 짧은 소설 읽으며 술에서 깬다
행간을 건너뛰는 일, 아득해
「달에 울다」에 울다가 개운해진다
오랜만이다 꽃 핀 사과나무밭이며
생선갑옷, 나의 젊은 어머니들이
유월의 마을을 이루어 내 낮꿈으로 들어온다
여러 갈래 긴 길이 따스해져 증발하려 한다

꿈 속에서 마루야마 겐지가
일본원숭이를 오른쪽 겨드랑이에 끼고
원숭이 꼬리에 아이스크림을 발라
입가에 묻히고 있었다

쓰는 것보다 읽는 것의 기쁨이 더 크다는
이 사태를 인정하기가, 사과꽃 난분분하는
과수원에 혼자 누워 있는 일만큼 모질다

모든 눈물은 모든 뿌리로 모두 간다

혼자 눈물을 두 손에 받는다
손은 단지다
손은 깊어지고 싶어 운다
두 손은 또 울면서 길어져서
뿌리에 가서 닿고 싶어한다
몸이, 몸이 되고 싶어한다

손의 절망은 자기 몸 안으로
들어갈 수 없다는 것
그러나, 그러니
손은 거개가 타인이다
무시로 손은 타인을 향한다
내 손은 내가 아닐 때가
많다, 너무 많다

그리하여 자본주의는 손이다
대중소비사회는 손에 달려 있다
손을 잘 간수해야 한다고
두 손 둘 데를 시시각각
결정해야 몸이, 몸의
주인이 될 수 있다고
나는 생각한다, 나는

지금 지독하게 외로워진 것이다
손이 내 몸 거죽을 긁는다

뿌리의 손들이 붉은 꽃 게워낸다

망월사에서 상트 페테르부르크

아침이다, 望月寺 쪽에서 電鐵이
덜그럭거리는 소리를 앞세운다, 나는
道峰으로 달려 올라가다가 숨차고 발 헛디뎌 멈칫
放鶴까지 밭은 숨고르고, 庵川지나
환승한 아침 사람들 月溪에서 눈 감는다
삼각산 진달래능선서 보면 컴퓨터칩 같은
上 中 下溪의 어둠을 걷어내는 느린 일출이
月溪에서 淸凉까지 따라오다가
교직절환한 전철은 지하철로 몸바꾼다
아침, 잠입하며 변신하는 나

저녁, 光化門을 통과해 다시
하강해, 탈출하는, 아니 방출되는 나, 정확하게
청량에서 회기 사이에서 불끄고 교직을 절환한 뒤
달이 흐르는 계곡과, 고개 뒤로 틀어 알 수 없는
먼 데를 무심하게 바라보는 사슴의 개울을 건너
학의 발톱을 놓쳐버린 어두운 솔숲의 마을을 스치고
망월만 편애하여, 낮의 낮은 땅은 안중에도 없는 여래
발꿈치서 내려
水洛養鷄主公 15층 전망대 같은 은거지로 기어가 상승한
다
깊은 밤, 상승 틈입하는 나

한밤중, 불꺼진 화물열차 지나는 소리
저 검은 다족류는 소리없는 뱀의 길을 그리워하는가
저 길 북상하면 평강, 안변, 단천, 길주, 명천
개마고원과 동해를 왼편, 오른편으로 나누어주며
열차는 두만 건너 원동 연해주를 타고 오른 뒤
바이칼, 중앙아시아, 아 천산! 우랄을 관통해
상트 페테르부르크 여름 궁전에도 닿을 터
허나, 아직 철길에서 한발자국도 벗어나지 못한 것
거기에서 다족을 끊고 뱀의 배를 지우고 길을 버려
물 위의 도시를 노젓다가, 아, 종당에는
젖은 땅, 모래 언덕, 바위산의 길 버리리라
단 한 치의 허당도 없는 바다 위의 길도 끊으리라
새벽, 혼절하여 헝클어진 시뻘건 실타래를
썽둥썽둥 자르는 나

이른 아침
망월사에서 다족류 한마리 불켜고 들어온다
양계장 칸칸에서 저마다 옷을 곱게 차려입고
닭벼슬을 날카롭게 세운 뒤 하강한다
방학, 녹천, 월계 지날 때쯤 양계장에서 나온
사람들 오래 보고 있으면, 이 다족류 내장 안에서
잠입하는 도심이 무슨 聖所만 같다

성지 순례하는 거룩하고 싶어하는 신도들
이른 아침, 방언 같은 주문을 외우는 나, 어?
—그런데 왜 이렇게 나의 앞에 뒤에, 옆에 위에
아래에, 그리고 또 보이지 않는 곳에, 나 이전에
나 이후에도 도대체, 나는 왜 이다지도
많은 것이냐

燈明 낙가사

7번 국도 초입, 동해 초입
낮에는 눈부셔 눈뜨지 않는 마을
한낮에는 세상 어두워 불켜지 않는 사람들
일삼아 등뒤 낙가사엔 오르지 않아도 된다
동해는 등명에 와서 말을 붙이듯
파도를 만드는데 등명 사람들
거북이 같은 집에서 나오지 않고 낮에
잠잔다

등명 본명은 夢村이 분명할 터
나 본디 이방인이지만
등명 가면, 내 몸과 마음 함께 등명의 주민
작은 등불 하나로 나, 명쾌해지느니

내 본적은 7번 국도변
동해 가장자리 움푹한 등명리
스스로 어두워져 빛이 되는 사람들
달빛이 고마워 눈 주지 않는 곳
어둠이 어둠이 되지 못하는 고장

거기 등명 홀로 가서 기름 좀 얻어
내 눈구멍과 귓구멍, 모든 땀구멍에

어제오늘내일의 마음 빈 데에다 가득 채워 와
나, 젖지 않는 심지 하나로 설 수는 없느냐
수천의 머리카락과 터럭, 날름거리는 붉은 혀
굽은 손발가락들에다 아, 나, 등명
등명할 수는 없는 것이냐

추천 우수작

이하석
비밀의 길 외

1948년 경북 고령 출생
경북대 사회학과 졸업
1971년 《현대시학》에 〈관계〉 등이 추천되어 등단
김수영문학상 수상
시집 《김씨의 옆얼굴》·《백자도》·《투명한 속》
《우리 낯선 사람들》·《측백나무 울타리》 등

비밀의 길

뭉개진 채 마음이 방치되어
풀과 나무들이 가렸던 살들 드러나
길로 구불댄다.

내가, 이웃 아저씨와 아침마다
마실 물 뜨러가는
산.

사람들이 마음을 완공하지 못한 사이에 내린 비로
깊이 파여 길은 더 가팔라져
사람들은 또 새 흙과 바위들을 뜯어내
묵은 상처를 메꾸고 보수한다.

딱정벌레들, 길로 나뉘어진 세계를 건너려다
차 바퀴에 몸이 으깨진다.
딱정벌레들의 부서진 날개 위로 바람이 일어
비밀의 길들은 자꾸 겹쳐진다.
그 안에 아무도 으깨지지 않는 길이 보인다.

월동 준비

들추어내니,
우리 집 구석구석엔 어둠이 많다.
우선 치워야 할 것들.
해를 보낸 온실은 삭은 비닐들로 너풀거리고,
그 아래 어둠 속엔 쥐의 시체가 말라 있다.
주검 주위엔 어둠이 탄 듯, 검은 빛이 번져난다.

옥잠화 마른 줄기 밑에는 젖은 어둠이 뭉쳐 있고
개구리들이 자신들 속에서 반쯤 눈을 감고 있다.
마른 줄기를 걷어내고 짚으로 그 꿈을 덮어준다.
작년에 묻었던 김장독을 꺼낸 자리의
마른 나무뿌리와 썩은 짚 사이에는 귀뚜라미들이 살고
있다.
여전히 치울 수 없는 것들.

처음엔 이렇게 시를 이어갈 생각이 없었다.
들추어내어 치워서 가볍게 하리라 생각했다.
그러나 이쯤에서는 그렇지 않다.
내게는 의외로 들추어낼 것이 많지만
그것이 죽음에 싸여 있어도 그냥 버려질 순 없다.

이 시의 서두에서 어둠을 제시한 건

고된 겨우살이를 짐작했기 때문일까?
어쨌든 겨울은 오고 나는 준비를 해야 한다.
잘라낼 것은 잘라내고
짚으로 감싸고 비닐로 막아야 한다.
이제 곧 땅은 얼어붙고 폭풍이 흰 이를 드러낸 채
나의 지붕을 훑고 지나가리라.

그러나 난 지켜야 할 생명들로 안이 그윽하다.
진달래 가지 끝에 뾰족한 꽃몽오리.
그걸 보호하기 위해 그 아래 어둠을 이해하고
어둠 속의 죽음을 모든 씨와 뿌리 안에 묻으며
그 무덤의 가슴이 꽃꿈임을 내 시는 애써 강조한다.

연어

연어떼가 올라올 때
오십천 물이 은빛으로 번쩍이며
갈매기 발을 차게 간지른다.
자갈 틈새로 흐르는 구름이 여울에서 자지러지고
강은 들뜬다.

마른 능수버들은 끊임없이 떨고
잎은 떨어져
연어들 등에 바람의 무늬를 찍는다.
그 무늬로 시가 어룽진다.
그래, 연어의 말로 시가 되겠다.

연어들이 돌아온다.
거슬러오르는 언어 같은 걸 밀어올려주며,
알밴 배를 터뜨리려는 욕망의 물길을 좇아
연어들이 떼지어 오른다.

나는 본다, 그 회귀의 여울에서
되돌아가려는 천진스런 악의 언어와
물그늘 무늬에 자기 그림자를 짜맞추는 숨김의 말이
퍼덕이는 것을.

철원 평야

11월 찬바람에 마음을 나눠 띄운 재두루미 천 마리가
낯익은 들을 내려다보며 선회한다.
벼 베어낸 들과 논 없어진 들마다 못물이 햇빛을 되쏘아
올려
재두루미의 정확한 착륙을 유도한다.

철조망은 붉게 녹슬었어도 그 위에 푸른색을 덧칠해
여전히 위험하다.
그 사이로 멧돼지의 길이 숨은 채
재두루미 떼의 착륙이 내는 굉음을 내다본다.
구멍 뚫린 쇠를 실탄 장전한 채 옆구리에 끼고
모든 길들을 매일 지워버리는 병사들이 다녀간 뒤
재두루미의 착륙이 천의 길을 새로 내며 이루어진다.

저것들은 시베리아와 중국 동북 지방에서
자연의 길을 따라 내려왔다.
한반도의 허리가 왜 걸리는지,
철원 평야에는 왜 인간의 길이 없어지는지 따지지 않고
그것들은 풀숲에 숨겨진 지뢰를 언제나 그들의 길 밖에
두면서
끊임없이 자연의 활주로를 착륙하고 이륙한다.

사람들은 위험의 근심과 환희 띤 얼굴로
풀숲에 숨어들거나 철조망 가까이 붙어서
그 착륙과 이륙의 비상을 세고 카메라에 담는다.
가까스로 마련한 길의 끝에 아슬아슬하게 서서
행여 풀숲에 숨은 인간의 길과 만날까 조바심하여
재두루미의 길을 자신들의 길 쪽으로 끌어당긴다,
공해만이 재두루미들의 길을 막는다고
환경 운동으로 온몸을 밀착시켜 엎드린 채.

야적 2

어둠으로
두드러져 있는
무슨 추억에 그슬린 빛깔
같이……다만……애매하게……쌓여 있는,

우
리를 의
기소침하게 만드는,
우리를 돌아가게 하는, 그저
……뚱뚱하고, 속이 빈, 드럼통들,

그 안은……어둡지만, 제
각기 노랗고, 푸르며, 붉다. 그러나
……빈 것들. 그 남은 빛깔들은 바깥으로
새어나와, 갑자기, ……기침하듯……강렬해진다.

그것들을 비켜서 우리는 어디 못 가에
앉을까.
바람에 웅웅대면서
빈 속을 중얼대면서 그것들은 풍경을 지우고……
그래서……우리의 전망도 점점 넓게……깔아뭉개진다.

다만 그것은 도로변 못 가에 쌓여
있다……그저……허물어내리면서……확장되고……
젖어내려 못물이 노래지고, 파래지며, 붉어져……어두워진다.

송사리가 없어진 것도 모르고
못물은 자신의 수면 위에
하늘을 비추고……드럼
통과 비켜……우리 그
림자를 거꾸로 세
워놓기도
한다.

야적 3

보이지 않을 만큼, 어떤 큰, 것이,
네모진, 엄한, 콘테이너가
쌓여 있다.

부둣가에,
바다로 가는, 또는 바다가 오는 것을
막은, 높은 선착장에,
나를 가리며, 이중삼중으로,
무표정하게,

……그것들은 쌓여 있다.
우리가 슬쩍 그 그늘 아래로
숨어들었던 곳, 같기도 하고,
아닌 것 같기도 하다.
질서정연하게
또는 제멋대로

그것들은 아무데나 쌓여 있다가
갑자기 사라진다.
쌓여 있는 것들 뒤에는 가려진 것이 있다.
부풀어오르는 하늘과 바다,
추억 속의 흰 갈매기, 어떤 사랑.

그러나 상상의 것들은 쌓여 있는 것들과 함께
트인 바다 앞에서 쉽게 사라져버린다.

부두에는 배가 떠 있기도 하고
파도 위에, 없기도 한다.
콘테이너는 물론 늘, 거기, 쌓여 있는 게 아니다.
그 배들이 부려놓았거나, 그 배들에 실려갈
콘테이너는 우리들에게, 혹은 먼 나라 사람들에게
쉽게 몸을 열 것이다.

차가운 콘테이너,
그 모퉁이 뒤켠에 낮은 속삭임,
돌아보면 그 그림자조차 없다.
부두에는 배가 떠 있기도 하고
파도 위에, 없기도 한다.
부둣가의 콘테이너 역시 그러하다.

편지

무너져내리는 건물들 아래서
사람들은 사방으로 막힌 길을 치울 생각도 않는다
세상은 뼈만의 몸으로 섹스하고
논리의 알들은 어두운 골목마다 쌓이고

그 알들이 거미나 공룡들을 깔 것이다
나무들은 폭풍에 애타고
해일은 쓰레기들을 해안으로 밀어내고

철근의 녹슨 힘이 밀어낸 벽돌들이
자꾸 세상의 바닥에 떨어져내린다
나무들은 폭풍에 휩싸이고
해일은 쓰레기들을 해안으로 쓸어내고
나는 그 나무에 기대어 구원의 편지를 쓴다

너를 불러낼 때까지
기다림만이 죽음을 밀어낸다고
누가 달래러
올
때까지

추천 우수작

정해종

적멸보궁에 무엇이 있길래 외

1965년 경기 양평 출생
추계예술대학 문예창작과 졸업
'91년 《문학사상》 신인발굴 당선으로 등단
시집 《우울증의 애인을 위하여》
현재 중앙대학교 예술대학원 재학중

적멸보궁에 무엇이 있길래

이야기가 월정사 전나무 숲에 이르자
어디서 서늘한 바람이 몰려왔다
증명되지 않는 일상처럼 난감한
밑도끝도없는 바람
그 바람의 줄기를 따라
대여섯 시간의 밤길을 달렸다
고백하자면 음주운전이었다
객기 반 취기 반으로 무작정 달려온 길
삶의 어느 순간엔 미치도록
죽음의 언저리를 방황하고 싶은 때가 있다

전나무 숲은 그냥 그곳에 있었다
무얼 어쩌겠다고 이 위험천만한 길을
무작정 달려왔을까
그 어떤 생의 비밀도
숨겨져 있지 않은 이곳, 전나무 숲에 와서
우리가 한 일이라고는 고작
오래 전에 떠나간 옛 애인의 이름을
불러보는 일이었다
또 삶의 어느 순간엔 이렇게 대책없음에
몸 내던지고 싶기도 한 것인가

내친 김에 상원사 그 꼭대기까지
뒤늦게 상류로 찾아드는 방탕한 연어처럼
먼지 피어오르는 비포장도로를 거슬러올랐다
살아온 날들, 살아갈 날들에 대한 추억과 연민
그런 것들로부터 무심하게 돌계단이 있었고
더덕 내음 짙게 배인 새벽안개가 있었다
큰 돌그릇에 넘쳐 흐르는 감로수엔
깨달음의 이파리 하나 뜨지 않는데
도대체 바람은 어디서 자꾸 불어오는지

저곳 비로봉 아래 적멸보궁에 이르면
바람의 뿌리를 만날 수 있을까
삶의 근원으로부터 울려오는 비밀한
목소리 한 번 들을 수 있을까
옴마니반메훔, 옴마니반메훔
밑도끝도없이 들뜬 숨만 몰아쉬며
마음의 진신사리를 더듬어보는 것이다
하산하는 사람들의 막막한 표정들을
애써 지우며 적멸보궁을 오르는 것이다

내 마음의 쿠데타

한 나라의 역사가 불미스러운 사건들과
그 후유증의 연속이었으므로
역사로부터 먼곳을 배회했고,
배회하면서 사랑 운운하지 않은 게
정말 다행스럽다

그대들과, 진정 그대들과 더불어
행복하기를 원했으므로
내 삶을 그대들 쪽으로 가져 가고 싶었다
적당히 자리잡고 오랫동안 머물고 싶었다
그러나 불미스럽게도
자리잡고 앉은 곳이 진창이다

한쪽이 다른 한쪽을 버리는 양말짝처럼
고물 트렌지스터의 맞추어지지 않는 주파수처럼
삶은 늘 어긋났고 여전히 불미스러웠으므로,
신물나는 것들엔 기대고 싶지 않았으므로,
걸핏하면 마음은 도덕의 건너편을 쏘다녔고
쏘다니며 쿠데타를 생각했다

문학을 버리고 시를 쓰고 싶은,
사랑을 버리고 여자를 만나고 싶은,

끝내 목숨을 포기하고 살고 싶은……
한번쯤 죽어라고 살아 본 사람만이
굳이 정당하지 않아도 좋은
마음의 전복을 꿈꿀 수 있는 법이다

문간방에서 옥탑으로
옥탑에서 반지하로
이불보따리를 동여 맬 때마다
공화국 하나가 몰락하고 들어섰으므로
자주 옮겨 다녔고, 옮겨 다니며
죽어라고 살 만한 시절을 꿈꾸었다

때 아닌 계절의 폭우

이 비 그치고 나면 감언이설처럼
하늘은 잠시 맑은 낯빛을 보여 주고
9시 종합뉴스에서는 남산에서 바라본
가물거리는 인천 앞바다를 클로즈업할 것이다
속지 마라

애국가에 나오는 남산의 그 소나무들이
살 만해서 한 무더기 솔방울을 이고 있다고,
지난 여름 한철을 하늘이 맑아서
매미가 그렇게 시끄럽게 울었다고
애교스럽게 얘기할 땐 정말 그런 줄만 알았다

가령, 해방촌에서 남산 3호터널로 진입할 때
잠시 이 숨막히는 세기말을 터널을 지나고 나면
그곳에 밝게 터져 나올 것 같은 21세기의 명동,
신세계백화점 앞쯤에서 새로운 세계가
시작될 것만 같았는데

왜 이리 무겁고 어두운가
이유도 없이 마음의 바닥은 왜 쩍쩍 갈라지고
시간의 틈새마다 왜 먼지만 피어 오르는가
그러니

비,
석 달 열흘만 더!
이 지독한 마음의 가뭄
갈라진 모든 틈새로 스며 다오, 그게 아니라면
내게 그냥 손털고 드러누워도 좋은 명분을 다오

텍사스는 서울에 있다
─파리 텍사스

파리는 프랑스에 있지 않고
미합중국 텍사스주
모자브 사막 한가운데 있다
사막 한가운데에서 길을 잃은 한 사내가
물, 물, 물 들리지도 않는 소리를 지르다
커다란 선인장 그늘에 쓰러져 잠이 든다
그의 살갗이 사막처럼 버석버석하다
사막은 그의 내부에도 있다
파리는 텍사스에 있고
텍사스는 서울에 있다
모자브 사막 선인장 그늘 아래
쓰러져 잠들었던 사내가
미아리 사막 전봇대 아래에서 일어나
휘적휘적 어디론가 걸어간다

양변기에 정좌하고

휑한 벌판에 연로하신 석탑 두 개
나머지는 온통 바람이었다
감은사지, 그 먼곳까지 찾아가서 휑하게 바람맞고
경주 시내로 들어오니 속이 심란하다
천마총 오른쪽으로 기와 얹은 화장실이 하나 있는데
市에서 지정한 으뜸 화장실이라고 한다
칸칸이 공중전화 부스만한 그곳에 드럼통 같은
외국인들은 어떻게 엉덩이를 걸쳤을까 몰라
양변기에 정좌하니 코 앞이 벽인데
면벽하고 무념무상에 드니 鷄林의 매미소리 들려온다
이거야말로 道닦는 기분이지 싶다
마침내 득도하고 물을 내리는데 그 벽 한 구석에
반쯤 지워진 고대의 글씨처럼 희미하게
이렇게 씌여 있었던가
        세월의 오고 감이 다 부질없으니
        찬찬히 쉬어가이소 마
        속일랑 남김없이 다 비우시고……
이게 신라인의 마음인가는 몰라도
세월의 오고 감이 그렇게 부질없는데
왕복 티켓이 없는,
어차피 편도에 불과한 인생을
언제 다시 와 확인하겠다고

나 여기 왔다 간다―고
감은사지 삼층석탑엔
누가 돌로 북북 그어놓은 것일까
남김없이 비운 속으로 횅하니 바람 분다

당연한 일

세상엔 당연히 일어날 일 외엔
어떤 일도 일어나지 않는다
마땅한 이유없이 헤어지는 연인이 어디 있으며
까닭도 없는 싸움이 왜 일어나겠는가
당연하게 주저앉아 버릴 것들이 무너져 내리고
폭락해야 할 주가와 폭등해야 할 물가의
오르내림이 또한 당연하고
유유상종으로 헤쳐 모여를 거듭하는
정치권의 이합집산이 너무도 당연하니
세상 모든 게 당연지사이다

출세의 길은 그러니까 당연히 일어날
일에 대해 남들보다 앞서 준비하는 것이다
알고 보면 별 것 아니다
어제 본 재방송 드라마를 꾹 참고
하루 세 번씩만 더 보는 일
진부함을,
진부함의 지겨움을,
진부함의 고통을 견디는 것
그것이 출세의 길이다

다시 한 번 말하지만,

세상엔 당연히 일어날 일 외엔
어떠한 일도 일어나지 않는다
의외의 일이란,
우매한 인간들이 자신도 예상못할 일들을
벌려놓아 빚어지는 넌센스에 다름아니다
제가 벌려놓은 일들로 전전긍긍 불편한 生을
사는 동물이 인간말고 또 있으랴
생활이 편리해지면 인생이 불편해지듯
살아 온 만큼 불행한 것도 당연한 일이다

Untitled, 1995

길을 가다보면
아직도 바닥에 주저앉아
혁필을 그려 파는 이가 있다
그렇고 그런 이름 석자 위에
꿈 같은 세월의 몽유도원도를 그려주고
일금 오천 원

나도 종로나 광화문 어디쯤 주저앉아
그대 이름 위에 무지개를 걸어주고 싶다
그대의 인생을 꽃으로 덮어주고 싶다
그대가 쥐어주는 오천 원으로
하루를 연명한다면 그대는 또 어디쯤에서
무지개빛 환한 명함을 내미실지

사랑이란 게 다 그렇고 그런 것이어서
한 사람의 생애라는 것도 알고보면
닳고 닳은 이름 석자 같은 것이어서
쓰린 속을 달래며 해장국집을 찾아가듯
우리는 어디로든 가고 싶은 것이다

기수상 작가 우수작

송수권

쪽빛 외

1940년 전남 고흥 출생
서라벌예대 문예창작과 졸업
1975년 《문학사상》을 통해 등단
1988년 〈우리나라의 숲과 새들〉로 소월시문학상 수상
시집 《산문에 기대어》·《꿈꾸는 섬》·《아도(啞陶)》
《우리 나라 풀 이름 외기》 등

쪽 빛

아무도 없다

내가 앉은 자리
때늦은 숨비기꽃 몇 송이 막 피어나고
신신한 아침 햇빛 입을 대다
기절한다

아무도 없다

내가 앉은 자리
무심히 조약돌을 던지면
팽팽한 수평선이 입을 벌리고
바다는 서슬진 유리처럼 퍼어런
금이 선다

아무도 없다

저 물 밖 물쟁이로 떠돌다 온 세월
이젠 떠나지 않으리라
내 영혼 속에 잠든 바다
쪽빛 물발로 깨워서 당신의 이름
뜨겁게 부르리라

숨비기꽃 사랑

칠월의 제주 바닷가 숨비기꽃
숨비기꽃 피어나면
섬 계집들 사랑도
피어나리

작열한 햇빛 입에 물고
전복을 따랴, 미역을 따랴
천 길 물 속 물이랑을 넘는
저 숨비기꽃들의 숨비소리

아직 바다가 쪽빛이긴 때이르고
오명가명 한 소쿠리씩
마른 꽃을 따다가 베갯솜을 놓는
눈물 끝에 비친 사랑아

그 베개 모세혈관 피를 맑게 걸러서
멀미 끝에 오는 시력을 다시 회복하고
저승 속까지 연보라 燈을 실어놓고
밝은 눈을 하나씩 얻어서 돌아가는

시집갈 때 이불 속에 누구나
藥베개 하나씩 숨겨가는

그 숨비기꽃 사랑 이야길 아시나요

황복

살구꽃 몇 그루 피어
온 마을이 다 환하다
이런 날은 황사바람 타고
자꾸만 장독대에 날리는 살구꽃잎……
갈대 움 트는 것 보러
앞 강변에 나간 마을 사람들
혈기 방장한 나이로 복쟁이 떼 건져다
날膾 먹고
떼초상 난 적 있었지
지금쯤 금강 하류
西施乳房처럼 매끈한 배때아리 뒤집으며
국국 황복 떼 오를까
黃山屋에 들러 자는 듯 먹어 봤음

서산 갯마을
—김순일 시형(詩兄)께

저 갯마을 흐드러진 복사꽃잎 다 질 때까지는
이 밤은 아무도 잠 못 들리
한밤중에도 온 마을이 다 환하고
마당 깊숙이 스민 달빛에
얼룩을 지우며
성가족(聖家族)들의 이야기 도른도른 긴 밤 지새리
칠칠한 그믐밤마다 새조개들 입을 벌려
고막녀(女)들과 하늘 어디로 날아간다는 전설이
뻘처럼 깊은 서산 갯마을
한낮엔 굴을 따고
밤엔 무시로 밀낙지국과 무젓을 먹는 아낙들
뽀얀 달무리도 간월도 너머 지고 말면
창창한 물잎새들이 새로 피듯
이 밤은 아무도 잠 못 들리
저 갯마을 복사꽃잎 다 흩날릴 때까지는.

落差

경쾌한 봄밤이 오고 있다
지네산 능선 위에 달무리
아침에 문 열고 나서니
겨우내 아프게 살아 꿈틀거리던
산벼랑에 고드름발이
한순간에 거대한 落差로 바뀌어 있다
굳었다 풀어지는 가락
아아 이 놀라운 생의 기쁨

기수상 작가 우수작

임영조

이소당 시편(耳笑堂 詩篇) 1외

1945년 충남 보령 출생
서라벌예대 문예창작과 졸업
1970년 《월간문학》 신인상
1971년 《중앙일보》 신춘문예 시 당선
서라벌 문학상 · 현대문학상 · 소월시문학상 등 수상
시집 《바람이 남긴 은어》·《그림자를 지우며》
《갈대는 배후가 없다》 등

耳笑堂 詩篇 1

대학 때 未堂 선생이 주신
아호에 집 堂자 붙여
近園이 써준 〈耳笑堂〉
걸고 나니, 가가대소
누옥 한 칸이 확 넓어진다
귀가 웃는 집인가?
귀로 웃는 집인가?
잠시 엿듣다 가는 바람
코로 웃어도 상관없는 집이다
머리 어깨 힘 빼고
허파에 든 바람도 빼고
몸 가두면 들린다
시계가 내 생을 좀먹는 소리
마음벽 쩍쩍 금 가는 소리
벌어진 틈 다시 메우고
어헐든 내 혼을 방생하는 집이다
혹시 그리운 사람 올까
가끔 귀 열어 놓는다, 허나
허리 삔 바람소리 또 스산하니
문 닫고 귀로 웃는 집이다.

耳笑堂 詩篇 3
—길 내며 길 가기

白紙 앞에 앉는다
풍경이 사라진 무구한 공간
아무도 밟지 않은 신새벽이다
정신 바짝 조이고 심호흡 다음
이제 막 첫발을, 그런데 막상
어디로 어떻게 가야할지
앞길 참 막막한 旅程이다
지평선 멀리 엿보이는 오로라
금세 닿을 듯 그러나 오리무중인
오아시스 찾아 사막을 간다
갈수록 아득하고 두려운 餘白
이제는 내 肉峰도 무거워
다 벗어던지고 낙타만 끌고 간다
모랫바람 입안에 서걱거리니
갈증은 더욱 심해 단내가 난다
별들도 하얗게 질려버린 砂丘엔
판독하기 어려운 전갈문자들
내처 읽다 머리 핑 돈 자들도 보인다
예서 그만 돌아갈까 뒤돌아보면
기억 속 등불마저 꺼진 밤이다
사람 살려! 에스 오 에스!

이 나이에 가야할 길을 잃다니!
이렇게 얇은 백지에 갇혀
오도가도 못하는 白痴가 되다니!
어렵구나, 길 내며 길 가기.

개별꽃

1

올해 대학 간 딸애의
생활기록부 보호자 직업란에
나는 선뜻 〈시인〉이라 써준다
딸애는 시인이 무슨 직업이냐며
역정을 내듯 화이트로 지운다
다른 애들은 장관 사장 교수 군인
변호사 의사 또는 이사라고 썼든데……
하아, 그런데 나는
시인을 직업으로 알다니!
뭉개진 여백 다시 들여다본다
어느새 시인은 간 곳 없고
몸둘 바 몰라 허허허허 웃는 꽃
개별꽃만 하얗게 홀로 부시다

2

짐짓 국어사전을 펼쳐본다
─생계를 위해 일상적으로 하는 일
하아, 그런데 나는
직업을 시인이라 쓰다니!
나는 그만 열적게 누워

이 나라 대가의 〈자화상〉을 읽는다
—애비는 종이었다
　밤이 기퍼도 오지않었다
…………………………………

　어떤 이는 내 눈에서 죄인을 읽고가고
　어떤 이는 내 입에서 천치를 읽고가나
　나는 아무것도 뉘우치진 않을란다

　3

개별꽃 : 너도개미자리과에 속하는 다년초. 덩이뿌리는 하나로 太子蔘이라 한다. 줄기는 가늘고 길지만 곧게 서서 자란다. 잎은 마주 나며 밑부분이 좁고 날카롭다. 오월에 긴 꽃줄기 끝에 흰 꽃이 한 두 송이씩 핀다. 열매는 계란형으로 네 갈래로 갈라져 잘디잔 종자를 산출하며 우리 나라 산지에 골고루 분포한다. 비위가 약하거나 허파가 부실한 사람에게 좋으며 사람의 심신을 튼튼하고 기력을 왕성하게 해 주는 약효가 있다.
일명 : 미치광이풀.

가을 산행

청하늘 워낙 높고 고요하시니
우러러 보는 것도 누될까 싶다
마침내 自重하는 가을산
그래도 난감한지 안색이 붉다
(솔직히 말하자면 누구나
스스로 낯뜨거운 삶이 있을 것)
저 공평한 가을볕에 내 생을 널면
마지막 얼룩은 무슨 색일까?
욕계일까 색계일까 무색계일까?
궁금한 생각이 山門을 민다
정상이 빤히 뵈는 지척 같은데
길은 오를수록 숨 가쁘고 험하다
가파른 능선 먼저 오른 억새꽃
하얀 웃음소리 산을 흔든다
기척에 놀란 청설모 한 쌍
남은 해를 서둘러 꼬리로 잰다
덩달아 분주해진 마음 두리번
가을숲을 엿본다, 와! 말년에 모여
너나없이 거나한 동창회 같다
중년에 돌연 풍맞은 생처럼
열에 들떠 상기된 단풍나무숲
저런! 온몸에 신나 끼얹고

지금 막 분신중인 산이 뜨겁다
오, 장엄한 荼毘式이여!
그 황홀한 화염 속에
내 정신 함께 던져 태우고
맨몸으로 가볍게 내려오는 길
잠시 올려다본 남녘 하늘 멀리
기러기떼 끼룩끼룩 저녁놀 몰고 온다
제 이름 밑에 언더라인 치듯
일렬종대로 點點點 멀어져 간다.

덩굴장미

오월 한낮 햇볕 아래
나른한 골목길 인적 뜸하다
누가 사는 집일까?
화사한 웃음소리 담을 넘는다
새빨간 립스틱 진하게 칠한
저 여자들 오늘이 겟날인가?
모처럼 하나같이 화색이 돈다
낮술 한 잔 걸친 듯 농염한 입술
귀 빌려 주면 무슨 말할까?
온몸이 지레 후끈거린다
못본 척 그냥 걷는다, 이봐!
새파란 덩굴손이 어깨 툭 친다
왜요? 돌아다보니, 오호호……
선혈이 낭자한 드라큐라
화려한 염문처럼 뒤따라온다
사방에 짜한 매혹적인 저 몸내
그 여자 입이 참 얇다
색이 너무 진하면 담을 넘듯
가시울 쳐도 새는 화냥끼
슬쩍 한 송이 꺾어?
그 여자 몸이 온통 가시다!

제11회

소월시문학상 수상작품집

수상 소감

■

문학적 자서전

■

옆에서 본 문정희

■

작품론

아름다운 맹수를 꿈꾸며

—군집을 이루는 것은 힘 없는 작은 것들뿐. 이를테면 참새들일수록 큰 군집을 이루고 사는 것을 보았습니다. 그러나 홀로 저 대평원을 걸어가는 밀림의 왕에게서 고독하고 아름다운 시인을 확실히 보았습니다.

문 정 희

돌연한 수상 소식은 몹시 신선했습니다. 그리고 잠시 후 저는 아주 담담한 제 자신을 발견했고 그래서 스스로 그 담담함이 또한 기뻤습니다.

상을 못 받았다고 해서 제가 시 쓰는 데 아무 지장이 없었듯이 또한 상을 받게 되었다 해서 제게 본질적으로 달라진 것이 없음은 너무도 당연한 일입니다. 다만 자칫하면 자기 긍지를 갖는 데 조금 외로울 수도 있었고, 가끔은 엄정한 기준이 없이 적당히 돌아가곤 했던 최근의 어떤 문학상들의 관행을 보면서 불필요한 피해의식과 언어에 대한 불신을 가질 수도 있었는데, 그런 것에서 기분 좋게 벗어나 겸허한 자세로 시인으로서의 긍지를 갖게 해주신 분들께 진심으로 감사를 드립니다.

언제부터인가 나는 이 시대 이 땅에서 글을 쓰는 것이 과연 무엇인가 깊이 생각해 본 적이 있습니다. 그러나 이 땅에서 글을 쓰는 일이 어리석고 부끄럽고 한심한 일이라고 할지라도 저는 글을 쓰는 일말고는 이제 그 어떤 것으로도 행복할 수 없다는 것도 알았습니다.

그렇다면 내가 앞으로 할 수 있는 일이란, 다만 나를 얼마나 오래 의자에 앉혀 두느냐 하는 아주 단순하고 유일한 길이 있다는 생각을 했습니다. 그리고 스스로에게 깊이 타일렀습니다. 앞으로 진심에서 괴로워하고 슬퍼해야 할 것은 다른 어떤 것들이 아니라 바로 내 자신의 문학성의 빈곤이나 열정의 고갈말고는 아무것도 없다고.

문학은 연륜과는 아무 상관이 없이 언제나 두려운 시작만이 있음을 잘 알고 있습니다. 갈 길 멀어서 기쁘다고 어디엔가 쓴 적이 있지만 진실로 그 먼 길을 향해 다시 새 신을 신고 출발하고 싶습니다.

상찬으로 가득했던 어린 시절을 기억합니다. 아직도 많은 분들이 제 소녀시절의 화려한 경력을 얘기합니다만 기실은 제 문학의 출발은 어린 시절 멋모르고 덤비었던 그 어설픈 환상의 더께들을 벗기는 남모르는 고투로부터 시작되었습니다. 그러나 어린 시절의 그 숱한 문학적 격려들이 오늘까지도 제 긍지와 자존심을 세우게 하고 여기까지 걸어오게 한 힘이었음을 또한 다행으로 생각합니다.

그 동안 우리의 사회현실은 많은 언어를 훼손시키고 그 표현에 제지의 고리를 채웠었습니다. 문학을 삶의 본질에 대한 탐구나 미적 측면에만 놓아두지 못하게 했습니다. 그런 의미에서 그 동안 이 땅의 시인은 모두가 참여시인이었는지도 모릅니다. 첫 시집을 건방지게도《문정희 시집》이라고 붙였지만 삶의 슬픔이나 기억들, 그리고 모국어에 대한 천착과 함께 나 역시 두번째 시집《새떼》에서는 부당하고 부자유한 사회현실에 대한 슬픈 통찰을 노래하기도 했습니다. 그리고 한동안 시극이라는 장르를 통하여 형식의 확산과 함께 설화수용을 통한 사회비판을 시도해 보기도 했습니다. 창극 〈구운몽〉은 내 몸 속에 흐르는 남도의 가락과 판소리에 대한 매력을 다시 확인한 것이기도 합니다.

어린 소녀 관순의 자유혼을 그린 〈아우내의 새〉도 제 정신의 한 편력을 드러내는 작품이라 생각됩니다. 그리고 《찔레》 이후의 시집들을 통해 생의 근원과 꿈에 대해서도 많은 시간을 보냈습니다.

저는 얼마 동안 모국어를 떠나 외국에서 떠돌기도 했는데 그때마다 제가 느낀 것은 우리 모국어에 대한 깊은 사랑과 눈물이었습니다. 시야의 확대를 통하여 언제나 다시 나를 보았고, 자기 배꼽 들여다보기를 소박한 민족주의로 착각한 나머지 그것만이 유일한 길이라고 우기지도 않게 되었습니다.

지난해에 아이오와 대학 국제 창작프로그램에 가서 모든 상투성과 고정관념과의 과감한 결별과 함께 알바트로스로서의 나의 날개가 얼마나 빛나고 아름다운가를 몰염치하게도 나는 보아 버렸습니다. 그것은 진실로 내 문학적 생애에 가장 큰 축복이라고 말할 수 있습니다.

최근의 시집 《남자를 위하여》에서 언어의 치장을 버리고 비로소 자유롭고 담백할 수 있었던 것 또한 나의 삶이나 생각이 더없이 자유롭고 편해진 것과 유관합니다.

일찍이 덜미 잡힌 문학을 향한 대등정이 숱한 장애와 고산병을 거쳐서 결국 이쯤까지밖에 이르지 못했구나 싶어 기가 막히기도 합니다.

언젠가 저는 대평원에 사는 동물들을 주의 깊게 본 적이 있습니다. 맹수는 혼자 다녔습니다. 군집을 이루지 않았습니다. 그의 난폭한 힘과 허공을 향한 포효는 바로 그 맹수

속에서 터져 나오는 고독의 힘이었습니다. 군집을 이루는 것은 힘없는 작은 것들뿐, 이를테면 참새들일수록 큰 군집을 이루고 사는 것을 보았습니다. 홀로 저 대평원을 걸어가는 밀림의 왕에게서 고독하고 아름다운 시인을 확실히 보았습니다.

앞으로도 쉬지 않고 책상 앞에 앉아 자유와 고독을 포식하며 아름다운 맹수를 꿈꾸려고 합니다. 견디기 어려운 것은 때때로 다가드는 무력감과 소외감입니다. 무엇보다도 제가 제 손을 확실히 믿을 수 있어야 하는데 이 엄청난 물량의 시대, 어지러운 속도를 등뒤에 두고 끝없이 빈 백지를 노려보며 혁명을 꿈꾸면서 진흙투성이의 혈전을 날마다 스스로에게 청한다는 것은 너무도 진저리나는 일임도 압니다.

창 밖으로 봄이 가고 여름이 가고 그리고 많은 길들이 사라져 갑니다. 언어는 평등하고 정직합니다. 저 평원에는 오아시스도 숨어 있고 재칼과 표범과 타조의 사랑도 숨어 있습니다.

고통보다는 유쾌함을 써도 될 시대의 도래를 기다리면서 저에게 이 귀한 상을 주신 분들께 진심으로 감사드립니다.

당당하고 호쾌한 득음을 위하여

—집시와 날라리가 아니면 당당하고 호쾌한 그 무엇으로 득음하고 싶었다. 결국 쓰고 또 쓰는 길밖에 없지 않은가.

문 정 희

지난 해 가을은 광기에 가까운 황금빛으로 몰려왔다. 세계의 옥수수의 반이상이 이곳에서 난다고 하나 벌판 가득히 황금 칼날들이 광활한 바람에 서걱거리고 있는 아이오와는 나로 하여금 그동안 가졌던 시간의 색채나 토지의 이미지를 송두리째 뒤흔들고도 남았다.

그 벌판의 꿈, 고즈녁한 언덕 아래 아련한 곡선의 강줄기를 바라보며 메이플라워라는 예쁜 이름을 가진 대학 기숙사가 있었다.

나는 그곳 824D에 짐을 풀고 잠시 혼란한 머리를 벽에 기대었다.

왜 내가 지금 여기에 와 있는가? 두고온 내 땅과 내 인생이, 아니 나의 천국이요 지옥인 문학이 지치고 누추한 나의 날개끝에서 떨고 있었다.

"오오, 알겠습니다."

나는 순간 뜻 모를 신음을 토하며 벽에서 머리를 떼었다.

그리고 여기까지 나를 끌고온 그 아름답고도 고통스러웠

던 시간을 향해 비로소 뜨거운 감사를 보냈다. 그것은 확실히 축복이었다.

이 기숙사 8층에는 세계 서른세 나라에서 모여든 작가 35명이 "무엇을 쓰는가. 왜 쓰는가"라는 가장 본질적인 물음을 가지고 앞으로 3개월간 함께 토론하고 술 마시고 서로 사랑을 나눌 것이다.

문학을 향하여 나의 이름을 꽂은지 26년.

나는 메이플라워 8층 삐걱거리는 철침대에 홀로 누워 처음으로 내 문학적 연대기를 곰곰이 반추해 보고 그리고 새로운 열정으로 몸을 뒤채었다.

▶ 떠나온 고향과 부모 그 그리움 사이로 스며든 문학

열한 살의 여자아이가 세상을 향해 홀로 무엇을 할 수 있는지 나는 잘 모르겠다. 나는 아무튼 그 나이에 혼자서 부모 곁을 떠나 유학길에 올랐다. 큰 부자는 아니지만 그 부근에서는 비교적 토호였던 아버지의 교육열은 일찍이 오빠들을 서울로 끌어올린 후였다.

나는 고향인 보성의 시골 국민학교 4학년을 마치고 광주 서석국민학교로 전학했다. 그리고 새로 전학간 이 도시 학교에서 아직 어리벙벙한 시골뜨기 소녀는 멋도 모르고 써낸 무슨 글짓기 대회에 떠억 하니 당선되어 큰 상금을 받게 되는 일이 벌어졌다. 나는 대번에 글 잘 쓰는 애로 부각되었고 그후 그런 상은 몇 번인가 더 주어져서 주위를 깜짝 놀라게 했다.

기실 나의 어린 영혼에는 이미 외로움이 깊이 스며 들었고 눈물 많은 아이로서 밤마다 일기를 쓰고 시를 끄적이고 있었다. 고향과 부모를 떠나온 외로운 공간에 자연스럽게 문학이 들어온 것이었다.

　음악 선생님은 어린이 합주반 지휘를 맡기고 싶어하기도 했고 그림에도 칭찬을 받았지만 나는 장차 문학가가 되겠다고 굳게 마음을 굳혔다.

　그러나 전남여중에 진학하고 나서 나는 당황했다. 내가 쓰는 시는 시가 아니라 동요나 동시 수준이었다는 사실을 알게 되었다. "고독"이니 "이별"이니 "노을에 떨고 있는 소녀"니 하는 엄청난 문귀가 들어 있는 상급생 언니들의 작품에 은근히 겁이 났던 중학 시절이었다. 그래도 그때 많은 책을 읽었다. 중학교 2학년 때 서울로 전학을 했다. 나는 오빠와 합류했다. 오빠는 서울대학교에 미국 미네소타대학을 수학한 엘리트였다. 그리고 그해 가을 아버지의 부음을 받고 고향에 내려갔다.

　마당가 큰 감나무를 돌아 아버지의 관이 힘센 마을 사람들의 손에 돌려나갈 때 열네살의 소녀로서는 너무 일찍 생에 대한 처절한 허무를 느꼈다. 그러나 진실로 나의 외로움과 목메임은 그 다음에 두고 두고 찾아왔다. 아버지는 어린 딸을 두고 떠나면서 오빠들에게 "사범대학이나 약대를 보내라"고 유언하셨다고 한다.

　그러나 그후 진명여고에 진학한 1학년 가을, 나는 뜻하지 않은 소식에 또 한 번 놀라게 된다.

　여름방학 숙제로 써낸 〈형광등〉이라는 시가 이화여대 주최 전국 여고생 백일장에 입상된 것이었다. 나는 상급생 언니들 속에 끼여서 즉흥 백일장에 출전했고 그날 즉흥부에서 다시 장원에 당선되었다.

　나는 갑자기 진명에서도 글 잘쓰는 애로 부각되어 연이어 성균관대학에 가서 또 장원에 당선되었다.

학교에서는 확고부동하게 인정받는 학생이 되었고 그후 졸업때까지 스무 번이 넘는 문학상을 받았다. 나는 이 고교시절을 기념하기 위해 〈꽃숨〉이라는 여고생 최초의 시집을 내기도 했다.

　▶ 천재병을 앓으며 오만한 날개를 퍼덕이던 대학시절……
그리고 등단
　동국대 백일장 장원의 인연과 시집 〈꽃숨〉의 제목과 서문을 써주신 미당 선생님의 주선에 따라 동국대에 진학했다. 아버지의 유언과 집안의 반대를 물리치고, 또한 대학 전학년 장학 특혜를 제시했던 어느 문과 대학을 물리치고 미당 문하를 선택한 결과였다. 진명에서는 졸업 때 최고특기상으로 학교마크가 달린 금목걸이를 주었고 이제부터 본격적으로 문학수업을 기대했다. 그러나 대학시절은 그리 행복하지 못했다.
　미당의 총애와 문학분위기는 더없이 좋았지만 나는 이미 유명해져서 멋내고 연애하고 잘난 체하기에 바빴다. 괜히 천재병 비슷한 것을 앓으면서 관념어와 추상명사로 무성한 대학의 숲에서 오만한 날개를 퍼덕거렸다.
　대학 4학년 초여름 새로 창간한 《월간 문학》 신인상에 작품 〈불면〉으로 당선 데뷔했다.
　그러나 데뷔를 계기로 문학으로 깊이 침잠하려던 나는 졸업과 함께 여성지 기자로서 사회의 첫출발을 하면서 삶을 관념이 아니라 현실로서 끌어안게 되었다.
　더구나 돌연한 결혼은, 말하자면 너무나 문학적이어서, 어이가 없을 지경이었다.
　신촌에서 하숙생활로 시작한 신혼은 그냥 벌거숭이였다.

지금도 그 시절이 비현실처럼 떠오른다. 한편 그지없이 아름답기까지 하다.

눈오는 날, 그의 첫 월급 만팔천원 가운데 4천원을 주고 우크렐라라는 네 줄짜리 악기를 사서 "부베의 연인"이니 "맨발의 청춘" 등 당시 유행하는 노래들을 키며 밤마다 시를 썼었다.

그리고 두어 달 후 나는 한 여자중학교에 취직이 되어 세상 속으로 환원되었다. 일 년쯤 뒤였던가, 내 소녀 시절의 문학적 재능과 오만한 처녀 시절을 기억하는 한 선배가 원고 청탁을 했을 때 나는 그 앞에 만삭의 여자가 되어 나타났다. 그의 눈가에 일어나던 경련을 나는 지금도 잊을 수가 없다.

그래도 나는 열심히 글을 쓴 셈이다. 단칸방이었기에 혹시 자다가 불을 켜면 다른 사람이 깰까봐 기억자로 된 군용 카키색 후렛쉬를 하나 사다놓고 그 불빛 아래서 뭔가를 끝없이 끄적이곤 했다. 낮에는 직장에서 시달렸지만 후렛쉬 불빛 아래 배를 깔고 누우면 집중이 되고 행복했다.

첫시집 《문정희 시집》을 냈다. 그리고 열심히 시를 쓰는 한편 시극도 썼다. 기실 고교 시절 나의 당선작 가운데는 소설부 장원도 있었고 희곡부에서 당선을 한 것도 있었다. 나에게 굳이 시만이 익숙한 형식은 아닌 것이었다.

시극 《나비의 탄생》을 쓰면서 많은 설화들을 읽었다.

이 시극은 《현대문학》에 발표되었고 동시에 지금은 없어진 명동 예술극장무대에 올려지게 되었다. 중국의 연리수기(蓮理樹記)에 나오는 얘기로서 한국 중국 일본에 공통으로 퍼져 있는 이야기였다. 그런데 재미있는 것은, 유독 그것이 우리나라에 와서, 여인의 흰옷자락이 나비가 되었다는 꼬리가 붙은 대목이었다. 나는 바로 이것을 시극으로 형상화시켰었다.

야간학교 흐릿한 불빛 아래 깨알처럼 시를 쓰고 그것을 〈댓닢사〉라는 제목으로 함께 묶어 시 시극집 《새떼》를 펴냈다. 이 시집으로 제 21회 현대문학상을 받았다. 데뷔 7년 만의 일이었다.

▶ 예술에서 반복과 답습이란 있을 수 없다

한편 문인극에 출연하여 카페 테아트르 무대에 배우가 되어 서보기도 했지만, 시대는 암울하고 삶은 고달팠다. 두 아이를 두고 야간 학교 교사생활을 하는 힘들고 산문적인 시기였다. 더구나 《새떼》에 수록된 3편의 시가 검열에 걸려 삭제 딱지가 붙어 반송된 적도 있었다. 나는 유신 이후 제한된 표현에 대한 답답함과 부자유한 사회 현실에 깊은 회의를 갖기 시작했다.

신념을 입으로 부르짖고 죽어간 소녀 관순의 자유혼과 열정을 쓰기로 작정하고 아우내 장터 일대를 답사했다.

그리고 특별한 문학세계의 변모없이 습관적으로 시를 쓰고 그것이 적당량 모이면 시집을 내는 것에 속으로 반발했다. 그래서 그후 약 8년 동안 시집을 내지 않았다. 그러나 이것은 단순한 문제는 아니었다. 나의 이 오만은 결국 아무 효과도 내지 못하고 주위의 기대를 저버리는 결과와 소외만을 가져왔다.

나는 진명여고를 끝으로 교사생활을 마감하고 동국대에서 〈노천명시연구〉로 석사학위를 받았다.

시대는 드디어 80년대 오월 광주로 이어졌다. 암울한 잿빛과 위기의식 속에 오래 벼르던 먼 여행길에 올랐다.

외교관이었던 오빠의 도움이 있었지만 한 잡지사와의 계약으로 난생처음 외국 땅을 밟은 것이었다. 인도 방글라데시 버마 네팔 그리고 태국을 거쳐 서남아에서 동남아로 이어지는 이 여행 동안 나는 내 육체와 정신 속에 잠들고 있던 모든 감성의 세포가 한꺼번에 눈을 뜨는 충격을 받았다.

여행중 내내 나를 따라 다니는 "군인들이 학생들을 쏴죽이는 나라"에서 온 작가로서의 슬픔에 몸을 가눌 수가 없었다. 굶주린 거지들의 무소유와 시간과 숫자에 대한 무개념을 체험했다. 정치와 종교 그리고 무한한 시간들이 쌓여서 만든 충격적인 색깔과 성속(性俗)들과 영원성의 문제에 찬란히 눈물을 흘렸다.

"오랫동안 나는 잘못 살았구나."

뜨거운 땅에 입맞춤하고 몸서리치며 일어섰던 그해 여름 이후 나는 아름다운 허무감 속에서 내내 어지러웠던 그 여행을 지금까지도 그리워하고 있다.

나는 더 크게 더 넓게 일어서기로 했다. 그리고 그동안 썼던 시집 원고를 넘기고 어린 아이 둘을 데리고 뉴욕으로 갔다. 남편의 적극적인 주선으로 뉴욕대학교 대학원 종교교육과의 석사과정에 입학되었기 때문이었다.

그러나 유학은 힘들었다. 첫째 너무 외로웠고 너무 고달팠다. 언어는 부족했고 뉴욕이라는 황무지는 어느 누구도 단숨에 익명으로 내동댕이 쳐버려서 나는 날마다 망연자실했다.

내 나라와 두고온 모국어에 대해 진실로 깊은 의미와 사랑을 절감했다.

그러나 그 뉴욕대학이 있는 그리니지 빌리지와 소호를

중심으로 비로소 세계 예술의 본고장에서만 맛볼 수 있는 빛나는 천재 예술과 문화와 실험을 보면서 조금씩 눈떠가고 그 마력에 빨려들어갔다.

빠졸리니 · 고다르 · 베르히만 · 빔벤더스 · 타르코프스키 구로자와 아키라 · 나기사 오오시마 · 밀로스 포먼, 그리고 여류인 니나 베르트뮐러와 부로드웨이와 오프오프 부로드웨이……소호의 급진적 실험과 메트로폴리탄뮤지엄의 장엄한 전통에 넋을 잃었다.

예술은 그 어느 것이건 세계적인 것이 아니면, 단 하나의 유일한 자기 우주가 아니면 나머지는 말짱 헛것이라는 것도 톡톡히 목격했다. 오직 새로운 것, 처녀림을 가진 것만이 살아남았다. 반복과 답습이란 있을 수 없는 것이 예술의 준엄성이었다.

뉴욕의 2년은 실로 나를 다시 한 번 태어나게 만든 기간이었다. 내 나라와 내 자신을 객관적인 시각으로 바라보게 된 것도 진실로 귀한 체험이었다. 페미니즘에 대한 이론적인 체계에 접한 것도 그때 뉴욕에서였다.

귀국에 앞서 다시 긴 여행길에 올랐다. 유럽의 11개국을 도는 긴 장정이었다.

▶어머니를 잃은 뒤 8년 만에 시집 《혼자 무너지는 종소리》를 내며 일어서다

드디어 2년 만에 귀국하였다. 그동안 나라 떠난 사이에 입은 경제의 불안정 속에 나는 어머니를 잃었다. '만인이 우러러보는 인물이 되소서'라며 세상의 그 어떤 어머니보다도 더욱 끔찍하게 나를 키워준 소중한 어머니였다.

고통 속에 두고간 시집 원고를 다시 조금 손질하여 출판

했다. 그런 일밖에는 나는 아무것도 할 수 없었다. 그것이
《혼자 무너지는 종소리》였다. 《새떼》 이후 거의 8년 만에
선보이는 시집이었지만 뚜렷한 진경을 보였다기보다는 그
동안의 나의 삶이 말해주듯 다양한 이야기가 실린 시집이
었다.

그리고 이어서 뉴욕에서 쓴 시들로 시집 《찔레》를 묶었
다. 10년 동안 고심하던 장시 〈아우내의 새〉도 드디어 발
표했다.

관념적이고 우상화된 역사 속의 대상이 아니라 신념을
몸으로 태워 버린 용기의 불꽃에다 앵글을 맞추고, 관순이
라는 한 소녀의 짧은 생애뿐만 아니라 장시 형태에 대한
또 하나의 시도를 꾀하기도 했었던 작품이었다.

뉴욕으로 떠나기 전에 역시 《현대문학》에 발표했던 시극
〈도미〉가 극단 「가교」에 의해 공연되었고 이어서 동숭동
문예극장 소극장에서 앵콜 공연되기도 했다.

〈도미〉는 삼국유사 제 48종(綜)에 나오는 도미를 소재로
쓴 시극이었다. 백제의 이름난 목수 도미를 예술가의 상징
으로 설정하고 개루왕이 그의 눈을 뽑는 것을 캄캄한 자유
의 박탈로 묘사했다. 절대 권력 아래서 실명한 예술가 도
미와 개루왕에게 아부하는 전형적인 인간인 시녀에게 메
피스토처럼 비중을 둠으로서 오늘날의 사회부패와 부조리
를 비판하며 진실이 무엇인가를 보여주고자 했다.

문학사상사에서 시선집 《우리는 왜 흐르는가》를 발간한
것도 그즈음이다. 이어서 도서출판 나남에서 시집 《하늘보
다 먼곳에 매인 그네》를 펴냈다. 내 삶의 편린들과 언어와
의 고투가 내 나름대로 얽힌 시집이었으나 나의 시집은 어
느 유파나 계열에도 끼지 못했다.

언제나 그렇지만 나는 삶이 답답할 때는 여행을 꿈꾼다.

마침 인종분쟁지 스리랑카 취재 제의를 문화방송으로부터 받고는 스리랑카로 향했다. 타미르인과 싱할리족과의 끝없는 분쟁은 영국 지배가 남긴 휴유증이었다. 스리랑카는 따뜻한 불국토였지만 캔디의 홍차밭에서 일하는 여성들의 참혹한 저임금은 나의 정신에 또 하나의 충격을 가했다.

늙음과 나이에 대한 강박관념을 유난히 짙게 갖고 있던 나는 생각끝에 서울여대의 박사과정에 들어가서 새로이 학구열을 불태웠다. 이 뒤늦은 공부는 많은 인내를 체험케 했고 드디어 3년 만에 〈서정주시연구〉로 박사학위를 받았지만 건강을 많이 손상시켰다.

연이은 두 번의 대수술로 인해 나는 인생관에 많은 수정을 가했다.

그 사이 연시집을 하나쯤 갖고 싶던 차에 들꽃세상에서 《제 몸속에 살고 있는 새를 꺼내주세요》라는 연시집을 펴내 주었다.

또한 그 즈음 페미니즘 수필집 《당당한 여자》를 펴냈는데 뜻하지 않게도 이 수필집은 많은 호응을 받았다.

그리고 미래사에서 기획한 한국 대표시인 100인선에 뽑히어 시선집 《어린 사랑에게》가 출간되었다. 이 시선집은 지금까지도 꾸준히 일 년이면 한두 차례 판을 거듭하고 있어서 보기 드물게 나의 시에 대한 긍지와 독자와의 교량에 큰 기쁨을 안겨주고 있다.

그런데 웬일인지 나의 정신은 최근 피폐할 대로 피폐하고 건강은 좋지 않았다. 문학은 말이 재료인데 그 말 자체가 모두 때묻어 보였다. 언어에 대한 깊은 불신에 빠졌다.

문학도 세상도 저만치 두고 나를 깊이 갈무리 하지 않으면 안 되겠다는 생각이 들었다.

좀더 자유로워져야겠다고 생각했다.

그러기 위해서 삶을 극도로 단순화시켰다. 원고와 여행 말고 현재 나를 매혹시키는 것은 없었으므로 나는 당분간 거기에만 마음을 두기로 했다. 이상한 환멸과 피해의식들을 훌훌 털어버리고 싶었다.

그런 가운데도 국립극장의 의뢰로 대전 엑스포의 기념 공연작품 창극 《구운몽》을 썼다. 고료가 조금 많았지만 원고지와 땀과 과중한 노동으로 넌더리를 쳤던 여름이었다. 그래도 많은 것을 다시 배우고 또 나를 확인하기도 했다. 구운몽은 김소희작창 안숙선 소리로 엑스포의 오프닝에 발표되었고, 다시 예술의 전당에서 앵콜 공연되었다. 그리고 금년 초 김만중의 달에 국립극장에서 또다시 재공연되었다.

서울 정도 600년 기념 세계의 도시 시리즈의 일환으로 실크로드의 종착지인 터어키와 카리브 해의 멕시코 유적과 자메이카 등을 텔레비젼팀과 함께 여행하기도 했다.

고대 도시 이스탄불과 에페소서와 파묵깔레 그리고 아즈텍의 태양의 피라밋과 케살코아틀과 마야의 예술혼에 나는 소름이 돋았다.

변방문화와 세계문화에 대해 다시 생각해 보았다. 민족적이니 한국적이니 하는 것이 무엇인가라는 문제에 대해서도 깊은 의문을 제기했다.

▶ 아이오와에서 얻은 찬란한 자유혼과 자신감

언제나 나는 시를 토템처럼 끌어안고 살았지만 나의 시

는 너무 목청이 트여서 매력없는 사람같다는 생각을 절절
히 했다. 나의 그런 정통파가 싫었다. 집시와 날라리가 아
니면 당당하고 호쾌한 그 무엇으로 득음하고 싶었다. 결국
쓰고 또 쓰는 길밖에 없지 않은가.

원고지 위에서 해결하는 길 외에는 방법이 없다는 것을
오랜 경험으로 알았다.

벼루가 늘 젖어 있는 사람만이 일필휘지 할 수 있는 것
이다. 생각만 하고 벼르기만 하고 있다가 어느 날 한 획을
그으려고 하면 거기에서 명필이 나올 수는 없는 것이다.

나는 그래서 또 다시 원고지 앞에 앉았다. 사마천 얘기
도 쓰고 처용얘기도 쓰고 고산자 얘기도 쓰고 …… 말하
자면 남자의 얘기를 썼다. 사랑시 이전에 남자는 나의 아
킬리즈 건이었다. 그들을 사랑하기 위해서 그들을 모두 극
복하고 싶었다. 그들은 또한 내 안에 숨어 있는 나의 이상
이며 바로 내 자신이기도 했다.

민음사에 시집을 넘기고 교정 준비를 하다가 아이오와
대학 국제 창작프로그램에 참가하게 되었다.

오, 아이오와! 나는 거기에서 확고하게 두가지를 얻었다.

하나는 찬란한 자유혼이었다. 생명이 원하는 대로 자연
그대로 무한히 유쾌하게…….

그리고 또 하나는 자신감이었다. 언제나 남보다 너무 길
어서 거추장스러웠고 이상하게 뒤뚱거렸던 알바트로스,
나의 이 못생긴 날개는 기실은 세상에 하나밖에 없는 너무
나 괜찮은 것이었다.

아이오와에서 돌아와 시집 《남자를 위하여》를 내고, 그
리고 지금 몇달 동안을 내내 책상 앞에 앉아 있다.

내 자유혼과 모처럼의 자신감으로 결국 내가 순교할 곳

은 바로 이 원고지말고 어디랴.

'처녀의 생간'을 위하여

—그녀의 핵(核)인 불은 걷잡을 수 없이 타오른다. 희망과 절망을,
기쁨과 슬픔을, 아름다움과 추함을 다 곤죽이 되도록 녹여 버리는
불꽃이다. 그것은 용광로 속 혼돈이다.

윤 후 명(소설가)

소월시문학상을?

나는 내 모골이 송연해지길 바랐으나, 어느새 그 모골이
축배를 들고 있음을 보고 있었다. 그러니, 내 모골은 그녀
앞에서는 송연은커녕 송영(誦詠) 쪽으로 늘 기운다. 그렇다
고 해서 그녀가 늘 시(詩)로만 보인다는 말은 결코 아니
다. 그녀는 어떤 의미로 많이 생활적이다.

게다가 우선 겉으로 보기에 그녀의 모습은 산문(散文)을
지나간다. 얼마 전에 소설을 써서 서울의 종이값을 얼마
올렸다고 해서가 아니다. 아무튼 시인이란 병적이어야 한
다는데, 도무지 병적인 구석이 없는 것이다. 물론 이 말에
대해서 그녀가 내게 "그건 몰라서 그래. 내가 얼마나 병적
인데" 하고 대꾸하리라는 걸 나는 알고 있다. 그러나 아무
리 그렇다 한들, 그 반대로 내가 병적이라고 꼬집으면 다
시 내게 돌아올 대꾸 또한 나는 알고 있다. "몰라서 그래.
내가 얼마나 건강한데."

물론 인간은 양면성을 가짐으로써 진정한 존재로서 성립

된다. 빛은 어둠이 있을 때, 빛인 것이다. 이런 견지에서, 그녀는 맞장구의 명수로서, 자신의 빛과 그림자를 돋보이게 한다. 어느 때는 어느 게 빛이고 어느 게 어둠인지도 알 수 없게 만든다. 아마, 그것을 일컬어 색시공이라고 한다고 말하고 있는지도 모른다.

그 모습 자체뿐만 아니라 생활도 그렇다. 번거로워서 집 안의 가구들도 다 치웠다고 하는데, 그렇다 하더라도 나는 믿지 않는다. 저 색시공의 가구는 다 어쩌란 말이냐고 할 수밖에 없는 것이다. 그래서 그녀와의 대화는 그 누구를 막론하고 그렇게 그녀의 양면성의 철학을 다소곳이 듣는 순서로 되어 있다.

어느 날이고 문득 전화를 해보면 그녀는 아닌게아니라 내가 알고자 하는 걸 나름대로 잘 설명해 준다. "그건 그런 게 아닐까……" 하는 두운과 "그럼, 말하고말고지" 하는 각운이 잘 어울린다. 그것이 그녀의 명쾌한 시에서도 잘 드러난다.

과거에 내가 죽고 살기로 술을 먹을 때 그녀는 내게 그녀의 아버지류(流)를 상기시키면서 경고를 주곤 했었다. 그토록 쓰러질 때까지 퍼마시지 않으면 안 되는 술버릇을 고치지 않으면 곧 세상을 떠날 수밖에 없다는 것이었다. "요절도 아니고, 그게 뭐야."

그녀를 처음 만난 것은 아마도 1964년 무렵이 아니었나 싶다. 함께 시를 쓰는 고교생이었던 우리는 이웃 동네에 살고 있어서 종종 만날 기회가 있었다. 내가 다닌 학교의 문학발표회에 그녀가 오기도 했었고, 언젠가는 상도동 뒷동네의 야산에 올라 이런저런 얘기를 나누었던 기억도 아직 새롭다.

그날 우리는 책가방을 든 채로 산기슭에 올라 멀리 관악산을 바라보며 시를, 문학을 애기했었다. 지금은 흔적조차 찾기 어렵지만, 그때 그곳은 시골 정취가 물씬 풍겼고, 우리는 그 자연 속의 청순함으로 우리의 문학적 미래를 서로 조응했었다.

여고 1학년이었던 그녀는 이미 견고한 문학관을 가지고 있었던 것으로 기억되는데, 그 열정의 눈빛이 오늘날까지도 변함없이 내연(內燃)하고 있음을 본다. 그런 점에서 그토록 변함없이 자신을 견지하고 있는 사람도 달리 없을 것이다. 그녀가 〈젊은 시인에게〉라는 시에서 다음과 같이 노래하고 있는 것도 그 열정의 눈빛이다.

라스베이거스는커녕
장충체육관 링에도
한번 올라가 보지 못하고
동대문 시장 입구나
고속터미널 부근쯤에서
잔주먹을 휘두르는
주먹쟁이로는 살지 말아라.
더운 코피 닦으며
씽씽 새벽의 링으로 올라가거라.

처녀의 생간을 거기 바치라.

실상, 젊은 시인에게 주는 시로 되어 있지만, 이는 물론 그녀 자신에게 주는 시인 것이며, 또 '처녀의 생간' 역시 아직까지 그녀의 정신 속에 붉게 넣어져 있는 자신의 '생간'이기도 한 것이다.

　최근에 미국 아이오와대학에 머물다가 돌아와서 펴낸 시집 《남자를 위하여》를 읽어보면 그녀도 어느덧 '중년'을 노래하고 있다. 그 수사도 매우 간결해지고 직선적이 되어 있다. 현란한 꾸밈 따위가 오히려 덧없는 것임을 깨달아 화두를 던지듯 인생을 관조하는 시를 보여 준다.

이제
뭐가 보이기 시작하네.

아무것도 없다는 게
보이기 시작하네.

<　미안한 시>에서

　그리하여 '시작 노트'에서도 밝히고 있는 것이다. '저 수많은 기교와 급류의 물살, 많이 말하는 자가 살아 남는다고 믿는 나머지 메가폰과 소도구를 동원해서 큰소리로 진열되어 있는 진열대 위의 시집들을 잊고 싶다.'
　그러나 그렇다고하더라도 그녀의 본질은 '처녀의 생간'으로 남아 있음을 주지하지 않으면 안 된다. 여전히 "음흉한 악녀를 꿈꾸며 낯설고 버르장머리없는 무법자가 되어 언제나 물새처럼 날고 싶다"고 말하고 있는 데서 그녀의 변모는 변함이 없다.
　30년도 더 넘은 그 만남의 세월 속에서 그녀가 늘 내게 소녀로 남아 있는 것도 그런 까닭이리라. 문학하는 마음이 간절하기에 '중년'에 지아비와의 사랑을 '간통'이라고 말할 수 있는 소녀가 지금 찬란한 소월시문학상을 받게 되었다고 내게 전화를 걸어오고 있는 것이다.

그 전화에 화답하여, 거듭 축배를 들면서, 몇 해 전에 그녀의 시집 말미에 내가 붙였던 한 구절을 인용한다.

"그녀의 핵(核)인 불은 걷잡을 수 없이 타오른다. 자칫 잘못하다가는 그 불꽃에 모든 것이 남아나지 않게 될 지경이다. 희망과 절망을, 기쁨과 슬픔을, 아름다움과 추함을 다 곤죽이 되도록 녹여버리는 불꽃이다. 그것은 용광로 속 혼돈이다."

이제 이러한 혼돈을 걸어가면서도 더욱 본질적이 되어가는 한 시인을 바라보는 것이 내게는 큰 기쁨이자 위안이다. 그러길래 그녀의 모습이 산문(散文)이 아니라 산문(山門)을 지나간다고, 어느새 내 구문은 바뀌고 있다.

흐르고 싶은 감자, 감자, 감자들……
—문정희, 또는 연속성 앞에서 푸드득대는 비연속성

김 정 란(시인)

　시집을 낼 때마다 문정희는 자신의 작업에 대하여 거의 한결같이 '누추한'이라는 형용사를 쓴다. 그것은 격식을 차리기 위한 겸양의 표현만은 아니다. 그녀는 정말로 자신의 시들이 '누추하다'고 느꼈을 것이다. 그러나 그녀가 느끼는 자신의 누추함은 절대적인 결핍감이 아니다. 그것은 오히려 그녀 자신이 자신의 내면에서 확보하고 있는 엄청난 내적 에너지에 대하여 느끼는 상대적인 결핍감이다. 현대의 많은 시인들은 존재의 결핍감에서 출발한다. 그들에게 문제는 모자라는 존재이다. 문정희에게는 거꾸로 너무 지나친 존재가 문제이다. 퍼내도 퍼내도 들끓는 내면의 용암. 그것을 어떤 그릇에 담을 것인가. 그릇은, 자주, 깨진다.

　　먼 바람 속에서 무덤이 나를 삼키려
　　달려든다.

죽은 에미의
밥상에서는 그릇이 저혼자 깨지고
〈폭풍우〉 부분, 문(1) p. 68, 강조 : 필자

왜냐하면……이제 그 이유를 살펴보자.

((1)이하 약호 : 문 :《문정희 시집》, 월간문학사, 1973, 새 :
《새떼》, 민학사, 1975, 혼 :《혼자 무너지는 종소리》, 문학예
술사, 1984, 찔 :《찔레》, 전예원, 1988, 하 :《하늘보다 먼 곳
에 매인 그네》, 나남, 1988, 별 :《별이 뜨면 슬픔도 향기롭
다》, 미학사, 1992, 남 :《남자를 위하여》, 민음사 1996. 이
하 아라비아 숫자 : 인용시 해당 쪽수.)

1. 억압, 시대라는 밧줄

이 글을 준비하면서, 나는 문정희의 문학이 상대적으로
부당한 대접을 받아온 것은 아닌가, 라는 생각을 하게 되
었다. 솔직히 말하면, 나 역시 세간의 평가에 머물렀던 것
이 사실이다. 그동안 나에게 문정희는 활달한 필치를 가진
여류들 중의 한 사람으로 여겨졌을 뿐이다. 그녀가 누리고
있는 화려한 대중적인 명성도 나로 하여금 그녀의 시를 의
심적은 시선으로 바라보게 만든 요인이기도 했다. 화려한
명성과 빈약한 문학적인 평가, 물론 그렇게 된 데에는 그
녀 자신의 잘못도 있다. 그녀의 어떤 시들은 그런 비판으
로부터 자유로울 수 없는 것으로 보인다. 그러나 이 글을
위해서 그녀의 일곱 권의 시집을 꼼꼼하게 뜯어 읽으면서,
나는 그녀와 같은 시기에 활동을 한, 그리고 엄청난 평가

를 받았던 강은교에 비해서 그녀가 지나친 홀대를 받았던 것은 아닌가 하는 생각으로부터 자유로울 수 없었다. 남성 비평가들이 여성시의 한계를 지적하면서 툭하면 들고 나오는 '사회의식'에 관한 한, 초기의 문정희는 오히려 강은교보다 더 나아가 있었다는 생각마저 든다.

《문정희 시집》과 《새떼》에 나타나 있는 주제와 이미지들은 충격적일 정도로 강은교의 시세계와 비슷하다. '살'과 '죽음'과 '허무'의 주제, '흐름' '떠나감' 등의 동사적 도식, 에미, 애비, 바람, 강, 흰 머리칼, 산, 풀잎, 뼈, 노을, 노래, 승천의 이미지, 하다못해 사과껍질마저도 (앞서 인용한 시의 "에미의 깨어진 그릇"도 강은교의 〈비리데기의 노래〉에서 나타나고 있다). 이 흡사함은, 누가 누구에게 영향을 미쳤는가 또는 모방했는가의 문제가 아니라, 오히려 자동적으로 두 빼어난 여성시인들 사이에 형성된 동시대적 상호텍스트성의 문제로 이해해야 할 것 같다. 지금으로선, 잠정적 결론에 불과하지만, 나는 이 두 여성 시인 사이의 유사성이 모두 '살'이라는 말 주위로 수렴될 수 있다고 생각하고 있다. 그리고 그것은, 틀림없이 이 두 여성 시인들이 독립적인 방법으로 인지하기 시작한 여성 정체성의 문제와 연관되어 있는 것으로 보인다. 왜냐하면, 남성들이 주도권을 가지고 경영해 온 문명이 '자아동일성'의 신화를 구축하면서 특히 여성에게서 박탈해 갔던 것은 여성의 육체의 의미였기 때문이다.

초기의 문정희 시에서 압도적으로 나타나는 것은, 허무와 죽음의 이미지이다. 그러나 흔히 여성시 안에서 단골 메뉴로 나타나 여성적 수동성만을 재생산해 온 이 주제에 문정희는 전혀 다른 방식으로 접근한다. 그녀의 허무는 막

연하고 모호하지 않다. 그것은 사회적 콘텍스트에 대한 명확한 인식 위에 기초하고 있다. 제1시집에서 우선 그것은 여성적 조건으로 인지된다.

나는 밤이면 몸뚱이만 남지.

시아버지는 내 손을 잘라가고
시어미는 내 눈을 도려가고
시누이는 내 말을 뺏아가고
남편은 내 날개를
그리고 또 누군가 내 머리를 가지고
달아나서
하나씩 더 붙이고 유령이 되지
(······)
그리고 아침 되면
다시 떠올라
하루 유령이 내가 되지.
누군지도 모르는
머리를 가져간 그 사람 때문이지.
　　　　　〈유령〉 부분, 문 p.p. 58~59

　자신의 존재 의미를 박탈당하고 자신의 자신됨 안에서 소외되어 있는 존재, '유령'인 여성은 스스로의 독립적 가치를 획득하지 못하고 관계 안에서 칭칭 묶인다. 시인은 '머리'를 뺏아겼다고 말함으로써 자신의 삶의 원리를 자신의 두뇌로 사유할 수 없는 여성의 존재 조건을 고발한다. 이 갇혀 있는 여성은 '방'의 이미지를 통해 여러 차례 묘사된다.

> 방의 네귀를 꼭꼭 잠가도
> 소리없이 침범한
> 해의 손바닥을 본다.
> 시간에서 잘려나간
> 잔 먼지에도 눈이 달려서
> 반뜩이며 나를 감시함을 본다.
> 아, 나는 밀폐된 방에서도 자유로울 수 없어
> 딱정벌레로 웅크리고 앉아
> 〈방〉 부분, 문 p. 48

    시인의 존재는 쪼그라들 대로 쪼그라들어서 '깜장마침표(문49)'가 될 때까지 쪼그라든다. 그러나……모반은 준비되고 있다. 시인은 웅크린 채 가만히 있는 것이 아니라 "꿈틀대고 있다(문49)". 다른 시에서 시인은 "새 신이나 하나 맞춰 신고/꿈틀거리고 싶다(문33)"고 말하기도 한다. 예견할 수 있거니와, 이 모반은 곧이어 힘찬 공격으로 바뀐다. 우선은, 시인은 자신을 감시하는 대낮의 빛을 피해서 어두움 속으로 도망가는데, 제1시집에서 조심스럽게, 그리고 매우 암시적이고 시적인 방식으로 이야기되어지던 이 어두움의 자질은 시간이 지나갈수록 점점 더 직설적이고 산문적인 방식으로 표출되기 시작한다. 이윽고 그녀는 "햇살 바늘 내려꽂히는 / 맨땅 위에 // 지렁이 한 마리 온몸으로 / 나뒹굴고 있음(혼34)"을 이야기하고, "칼로 햇살을 잘라냈다"고 말하기까지 한다. 그러나 아직은 아니다. 아직은 그녀는 갇혀 있다. 날개를 빼앗긴 선녀는 이제는 새이면서도 나무에 매달려 사는 '딱따구리(문55)' 신세이다. 대체로 전통적인 시법에 충실한 그녀답지 않게 암시적인 이미지로만 쓰여진 다음 시에서 시인은 여성적 절망을 섬세하게 표현한다.

　　풀들은 푸들푸들 떨고만 있었다. 치마에서 꽃들이 일제히 튀어나와 눈을 동그랗게 뜨고 뛰어다녔다. 총도 그녀를 구해 주진 못했다. 햇빛은 사방으로 빠져나가고 소녀는 쪼였다. 오, 열쇠, 열쇠, 땀방울들이 소리를 질렀다. 소녀 눈에서 마지막 눈물이 뚝! 떨어져 나무끝에 빨갛게 매달려 버렸다. 사방에 흩어지는 깃털. 종이 울리고 긴 강이 흉흉한 걸음으로 흘러가고 있었다.
　　　　　　　　〈새에게 쫓기는 소녀〉 전문, 문 p. 45

　순결의 상실. 그리고 갑자기 내면에서 튀어나온 이 발빠른 저 혼자 뛰는 꽃들, 관능의 자질을 소녀는 아직 자기화하지 못하고, 두려워 떨고 있다. 그것은 더럽고 비천한 것이라고 배워왔기 때문이다. 소녀는 바들바들 떨며 이 낯선 소질, 육체 안에 숨어서 육체를 낯선 것으로 만드는 이 '날개'를 막막히 바라본다. 종이 울린다. 즉, 일상과는 '다른' 시간이 오는 것이다. 그 시간은 중년의 시인에게서 아직도 울린다.

　꽃 한송이 피어나

　진종일
　자롱자롱

종을 울린다.

〈꽃 한송이〉 부분, 남 p. 78

우울하고 연약한 파들파들 떨고 있는 '풀잎'의, 수동적인 삶. 시인은 '노래'를 잃어 버리고, '얼굴'에 '검정'을 묻히고 "홀로 떨고 있다. (문 117)" 그러나 시인의 어두움은 그녀가 여성으로서 살고 있기 때문만은 아니다. 그것은 어두운 시대 때문이기도 하다. 편재하는 정치적 억압. 말할 수 없음. 관념적 성향의 제1시집에서도 이미 시인은 사회적 억압을 명확한 어조로 표현한다.

안개가 마을을 점령했다.
오랫동안
소리로 마을에 살며 그는
우리를 숨막히지 않으면서

숨막히게 했다.

〈소리〉 부분, 문 p. 38

"모두 말 한 마디 못하고 / 제 굴 속에 엎드려서 / 뻔한 눈알만 굴「리는」(문43)" 억압적 상황. 이 주제는 제2시집 《새떼》에 이르면 더욱 뚜렷해진다.

지금까지는 무효다.
이 침묵도 무효다.

강요당한 침묵의 밧줄.

아, 아, 세상에
몸조차도
침묵으로 말하고 있다.
내가 없다.
그러나, 내가 살고 있다.

무효다.
이 봄은 무효다.
〈선언〉 전문, 문 p. 11

　서슬퍼렇던 70년대 상황에서 입에 재갈이 물려 있는 시
인은 말하지 못하는 자기 자신의 존재에 대해 '무효'라고
'선언'한다. 살고 있지만, 그것은 사는 것이 아니다. 나는
없다. '거짓'인 〈우리들의 침묵(새12)〉, 그것은 무력한가?
물론 그렇다. 당장은 그렇다. 그러나 문정희는 매복한다.

　우리가 말하지 않는다 해서
　오해 말라.

　살은 무섭지만
　그러나
　말하지 않는 눈은 더욱 무섭다.

　느닷없이 날아온 활촉에 맞아
　뜨건 피로 쓰러지는
　여름새 되어

저 放火를 일삼는 하늘 복판의
검은 제왕을 떠 받든 채
죽는다한들
우리의 눈이야 깊이 죽으랴.

눈 속의 빛은 싹터서 아이 눈 속의 빛이 되고
그 빛이 아이의, 아이의,
아이 눈속의 빛이 되리니

사방 번쩍이는
빛이 이렇게
너를 끝까지 보고 있도다.
〈응시〉 전문, 새 p. p. 58～59

〈쥐〉에서 문정희는 독재자를 어느 날 "안방에 돌연히 들어「와」" 모든 것을 능멸하며 나갈 생각을 않는 "한마리 쥐"에 빗대어 표현한다. 식구들은 효과적인 저항을 하지 못하지만, 그러나 분명히 "그가 나가주기를 갈구하는 (혼 44～45)" 의식을 공유한다. 그 의식에 기대어 시인은 훗날을 기약한다. 그녀가 그렇게 할 수 있다면, 그것은, 그녀가 자신의 안에 새끼의 새끼의 새끼를 만들어내는 생명의 순결한 능력을 지니고 있기 때문이다. 시인은 독재자를 '촌장님'이라고 부르면서, 비록 자신이 지금은 "무심한(……)눈"을 갖고 있는 것처럼 보일지 몰라도, "눈을 빼서 꽃씨처럼 종이에 싸서 / 한 십 년 후에 오는 봄에 / 뿌리려「한」(문18)"다고 말한다. 그래서 "입마다 쇠마개 「씌워져」(혼28)" "늪 속에(……)처넣어진 돌"은 "눈 있어도 못

보고 / 입 있어도 말 못하지「만」, "그리운 생각만큼 /
물의 키를 키우「며」(혼47)", 넉넉하게 기다린다. 그러니
무서울 것 없다.

고양이가 눈가리고 야옹을 한다
누가 모르나
손바닥 같은 세상, 다 알지.

고양이가 눈 가리고 야옹을 하며
나는 고양이가 아니라
호랑이라 한다.

〈고양이〉 부분, 찔 p 58

2. 하늘 아래 생─순결한 생명

사회의 억압에 대항하기 위해서 문정희가 택하는 방식
은, 이처럼 직접적인 응전이 아니라, 보다 더 포괄적인 방
식이다. 또는 말을 바꾸면, 그녀는 장기전을 택한다. 그녀
가 그렇게 할 수 있었던 것은, 아마도 그녀가 농부의 딸답
게 대지에 대한 친화력을 가지고 있으며, 생래적으로 동양
적 여유를 체득하고 있었기 때문이기도 하겠지만, 무엇보
다도 자신의 재능에 대한 굳은 믿음을 가지고 있었기 때문
이라고 보여진다. 최근에 상재한 시집의 시작 노트에서 그
녀는 어떤 영화의 장면을 빌어 이렇게 말한다.

생애를 걸었습니다. ─《남자를 위하여》p. 132

그 믿음의 힘으로, 문정희는 시대를 엎드린 채 관통한
다. 그리고 그동안 그녀는 적의를 갈무리한다. 절대로 항
복하지 않기 위해서이다.

> 단 한번의 자유를 위해
> 머리에 심은 뿔, 고목처럼 그대로 주저앉히고
> 보이지 않는 피의 거미줄에 걸린
> 흑인 올훼처럼 떠나리
> 어쩔 수 없다.
> 눈에서 떨어지는 누우런 불덩이
> 저 하늘 이것 하난
> 용납하시리.
>
> 〈소〉 부분, 새 p. 8, 강조:필자

문정희의 시 안에서 종종 되돌아오는 이 노란색 안광은,
사회적 억압에 대한 항의이면서 동시에 죽음으로 마무리
되는 운명 그 자체에 대한 항의일 터이다. 그것은 원시의
생명력 그 자체의 비인간적인, 인간적 가치분화 이전의 잔
인한, 그러나 너무나 아름다운 생명력이다. 그것은 그 자
체로 충분한, 아무런 설명도 요하지 않는, 죽일 수도 끊을
수도 없는 어떤 절대적인 힘, 여성의 육체를 통하여 이어
지는 재생산의 힘, 순수한 여성적 원칙, 에로스의 힘이다.
문정희는, 사회적인 절망 앞에서 막바로 이 힘에게로 달려
간다. 그녀가 시대에 절망한 남편을 보면서, 언론의 거짓
을 보면서 떠올리는 어머니의 품은 다름아니라 인간이 사
회적이고 일상적인 존재로 왜소해지기 전에 지니고 있었
던 생명력의 끊임없는 순환적 고리, 바로 그것이다.

김정란 189

왜 시가 암호처럼 어려워야 하며
신문은 朝夕없이 휴지가 돼 버리는가를

사랑하는 어머니
지금 내가 할 수 있는 최대의 애정은
이 어두움과 배고픔을 참는 일이 아니고
그대 품에 온몸으로 쓰러지는 일인가
〈정월 일기〉 부분, 새 p. 12

따라서 그것은 온갖 사회적 허위에 대항하는 근원적인 반항의 힘이다. 허위 투성이 신문을 집어 던질 때, 그녀가 기대는 것은 사나운 생명력의 순결함이다.

너는 모르지만
묶어놓아
속으로 자라는 살의 깊이에
〔……〕
바위로 눌러놓아 더욱 꿈틀거리는
산배암의 성욕을
너는 모르지만
〈절교―최근의 신문에게〉 부분, 혼 p. p. 26~27

그것이 무슨 해결책인가라고 묻는다면 문정희는 눈 하나 깜짝하지 않고 이렇게 대답할 것이다.

천지의 사내들은 모두 전쟁터로 나가고
상고머리, 그 남자 혼자 골방에 숨어

노오란 웃음을 허공에 바르며
꽝꽝한 젊음을 삭이고 있다.
그의 이빨은 감전된 보석처럼
영롱한 성욕으로 빛나 하마터면
황야를 깨물 뻔했던 그 이빨로
여자 하나 깨물며 골방 속으로
골방 속으로 가라앉았다.

그러나 웬일일까?
어느 날 깃대를 든 천지의 사내들과
골방으로 침몰한 사내의 이빨은
모두가 한곳으로 떠가고 있음은.
허허로운 강물 하나 이루고 있음은.
아아 웬일일까?
그들의 이마 부딪는 것은
전쟁이나 계집이 아니고
다같이 저 먼 바람인 것은……
〈이빨〉 전문, 하 p. 28, 강조 : 필자

　요컨대, 어떤 길로 가든, 궁극적으로 문제는 개인이 운명 보편과 맺는 방식이라는 것이다. 결국, 그것은 옳은 말이다. 그러나 이런 입장은 자칫 운명주의라는 혐의를 피하기 어렵다. 실제로 우리 문단 일각에는 그런 혐의를 피하기 어려운 소위 '순수시'라는 이름으로 유야무야되는 몰역사적인 시적 태도가 항존하고 있다. 그러나 문정희는 세목에 대한 관심을 저버리지 않음으로써, 그리고 그녀가 내면에서 불러내는 힘을 언제나 일상의 펑퍼짐한 범속성을 뒤집기 위한 적극적인 방법으로 살아내려고 노력함으로써 그 위험을 피해 가고 있다.

제1시집에서 일체의 사회적인, 남성적인 억압에 대항하기 위하여 시인이 불러낸 힘은, 여성적 관능의 형태로 제시된다. 〈떠오르는 방〉에서 시인은 매우 대담한 관능적인 묘사를 통하여 유폐되어 있는 방을 위로 띄운다. 즉, 가벼워지는 것이다.

허허벌판에 누워
깨끗한 남자를 기다린다.

불꽃이 울면서 짐승같이
젖무덤 속으로 기어든다.

나무들은 간지러워
푸른 소리를 지르고

드디어 그 남자가
길을 무찔러오는 소리

부끄러운 머리채를 이끌며
내가 어둠과 함께 도망친다.

바람 지나가면
날개가 크게 걸리는
거미줄을 타고
얼굴 모르는 신과 만난다.

뱀과 미친 깃털이
낄낄거리며 흩어진다.
모든 것을 용납하는
그 야수의 무덤 속으로
나는 바삐 숨는다
　　　　〈떠오르는 방〉 전문, 문 p.p.　77~78, 강조: 필자

　　그 관능은 단순한 성욕이 아니라, 우주를 지배하는 어떤
원칙, 신과의 만남이다. 그 원칙 안에서 모든 개별성은 사
라져 보편의 하나, "모든 것을 용납하는", 즉 하나로 수용
하는 대원칙에 통합된다. 바타이유 식으로 말한다면, 에로
티즘은 비연속성으로서의 다수의 개체가 하나인 연속성에
참여하는 방식이다. 이 연속성에 대한 인식은 문정희 시의
한 바탕을 이루고 있는 것으로서 우리는 그것을 여러 군데
에서 확인할 수 있다. 뒤에서 좀더 자세히 다루기로 하자.
　　여성적 소외를 느끼는 시인은, 억압당하는 낮의 자아로
부터 도망쳐 밤에 홀로 "물고기 뼈도 닿지 않는 수심 천리
를 가고(문60)", 그 원칙을 받아들임으로써 자아의 개체적
묶임에서 탈출한다. 그녀가 늦게 들어 오는 남편에게 거꾸
로 자기가 "용서해 다오(27)"라고 말하는 것은 그 때문이
다. 왜냐하면, 그녀는 에로스라는 샛서방에게 마음을 다
주어 버리고, 신의 여자가 되어 버렸으므로 (이 주제는 시
극《날개를 가진 아이》에서 소박한 형태로 표현된다). "하얀
그리움" "하이얀 나래" 등의 치기어린 표현, 또 다소 모호
하고 관념적인 표현을 동반하기는 하지만, 그러나 몇몇 빼
어난 시편들이 확인시켜 주는 것처럼, 첫 시집에서도 이미
이 원칙에 대한 시인의 인식은 뚜렷하다. 그것은 결국 언

어의 외양을 넘어서 어떤 운명의 물줄기를 나꿔채는 시적
자질과 연관이 있을 터인데, 아마도 〈배암〉의 시인 서정주
가 여고 시절의 그녀에게서 진즉에 눈여겨보았던 것은 바
로 그런 자질이 아니었을까.

남성적 직립의 상징인 "햇살 뽑아올리는 산"의 "그늘"에
앉아 여자들은 "날개달린 개 한마리씩(문74)"을 키우는데,
남성적 陽의 원칙에 맞서는 陰의 관능은 거의 언제나 "밤"
에 폭발하는 것으로 묘사된다.

> 모든 것이 잠들어 있을 때
> 나는 푸르게 일어난다.
> 　　　　　　〈댓닢詞〉부분, 새 p. 53

> 내게로 오는 발자국 소리를 듣는다.
> 동백꽃 목 떨어지는 소리 같기도 하고
> 고향으로 내가 몰래 가는 소리도 같다.
> 해가 뜨면 들리지 않는 소리다.
> 　　　　　　〈댓닢詞〉부분, 새 p. 53

문정희에게서 이 여성적 에로스는 종종 '날개'의 이미지
를 동반하는데, 그것은 그것이 육체를 가볍게 육체 밖으로
끌고 나가기 때문이며, 또한 우리가 앞서 살펴본 것처럼
"쪼그라드는" 여성적 소외에 대한 반란이기 때문이다. "깜
장색 마침표"는 다른 곳에서 "한결같이 몇 낱의 날개가 달
「린」(별118)" "과일씨" 같은 여자들로 표현된다. 이 원칙
은, 당연히, 지성과는 상관이 없다. 이 원칙을 이야기할
때, 시인이 흔히 '눈먼'이라는 형용사를 즐겨 쓰는 것은

그 때문이다. 모든 지성은 빛의 사업, 즉 보는 일과 연관되어 있기 때문이다. 시인은 때로 격렬한 반지성주의적 면모를 드러내는데, 그것은, 지성이 모든 것을 관념으로 변질시켜 버림으로써, 생명의 생생한 현장성을 잃어 버리게 만들기 때문이다. 그녀의 스승 서정주의 메아리가 멀리서 들리는 다음 시를 읽어 보면 우리는 이 시인에게 신생명파라는 이름을 붙여주고 싶다는 마음마저 들게 된다.

시간이란 한낱 美文
그 부끄러움 위에
떠돌게 하소서

달빛 꾀어내는 풀피리에도
몸이 달아
냄새와 능멸로 살아나는
배암이게 하소서

천하고 무지한 신명 들려
햇빛이 직선으로 쏟아지는
거친 돌밭에
입으로는 말고
몸으로만 몸으로만 소리치게 하소서

생각이란 생각은 죄다 벗고
무서운 비밀을 본 者처럼
두 눈도 없이
시간의 황홀한 강가에 내내

비늘로 떠돌게 하소서
　　　　　　〈생명의 시〉 전문, 새 p. 42

그러므로, 시는, 문정희에게, 몸의 일이다.

우리의 기도 속을 너는
살로 날아갈 일이다.
살로 날아갈 일이다.
　　　　　　〈댓닢詞〉 부분, 새 p. 61

말로써 우리가 감동되던 시대는 갔다.
우리들은 모두 어두움 속에서 더욱 빛나는
별이 되어
몸으로 울라
몸으로 울라
온몸으로 통곡하는 것이
이 시대의 감동이다.
　　　　　　〈참회 시1〉 부분, 새 p. 9

　그래서 시인은 얄팍한 말놀이로 전락한 시에게 "따귀를 갈긴다. (새10)" 시시한 자식! "결코 순백해야만 하는 우리 어머니", 생명의 힘이 어찌나 엄청난지, 시인의 내면은 "바다보다 깊고 어「렵고」(새21)", 〈산〉이 시인의 "눈썹 밑에 종기로 앉「을」(새80)"지경이며, 엔간한 불로는 성이 차지 않아, 그녀는 스스로 〈천둥(문17)〉이 되고 싶어한다. 대단하지 않은가! 그러므로 이 여자 가르강튀아에게 쩨쩨한 소리 하지 말 것. 황진이 이래로 이런 대담한 관능을

묘사하기를 두려워하지 않았던 여성 시인은 없었다.

　　내 허리를 휘감아 줄
　　사내는 없는가

　　저 야생의 히스크리프처럼 털이 세고
　　하나밖에 다른 것은 모르는 밤의

　　다시는 용납할 수 없는
　　아픔이 땅 위를 뒹굴고 있다.

　　붉은 머리 풀어헤치고
　　으르렁거리는

　　목 아프도록 징그러운
　　그리움이여

　　먼 바람 속으로
　　무덤이 나를 삼키려
　　달겨든다.

　　죽은 에미의
　　밥상에서는 그릇이 저혼자 깨지고
　　수천 번 쏟아지는
　　서슬 푸른 기침을 따라

　　밤새 비단벌레 같은 여자가

하늘로 하늘로 오르고 있다.
〈폭풍우〉전문, 문 p. p. 66~68, 강조:필자

그 무시무시한 생명의 힘은 이 시 안에서 '죽음'에까지
이르는 형식으로 제시된다. 바타이유가 아니더라도 우리
는 관능이 죽음까지 뚫고 들어가는 것을 알고 있다. 문정
희는 시극 〈나비의 탄생〉에서 총각 귀신과 결혼한 '아씨'
를 보여줌으로써 에로스의 다른 얼굴인 타나토스를 확인
시킨다. 이 극 끝에서 아씨는 무덤을 열고 나온 죽은 신랑
을 따라 무덤 속으로 들어가고, 흰 나비가 탄생한다. 에로
스와 타나토스의 결합, 순수 관능의 상징, 시인 자신의 표
현을 빌면, "육체 속의 육체"인 이 나비는 문정희의 시세
계에서는 '새'의 모습으로 더욱더 흔히 나타난다. 어쩌면
이렇게 말할 수 있을까? 육체를 잊게 만드는 육체의 자질?
육체를 버리는 육체 자체의 결정? 그래서 육체는 산 채로
죽음을 관통한다. 에로스에 의해서 타나토스의 형식이, 무
덤이, 죽은 어머니의 그릇이 깨어진다. 이 깨어진 그릇은,
일차적으로는 틀림없이 폭풍우 소리의 은유일 '기침' 소
리, 강한 날숨의 이미지를 통해서 다시 한 번 더 존재를
존재 바깥으로 밀어내는 관능의 힘을 확인시킨다.
　이 시 안에서 우리가 궁극적으로 관심을 기울여야 하는
것은, "하나밖에 다른 것은 모르는 밤"이라는 표현과 "하
늘로 올라가는 벌레"의 이미지이다. 자칫 엉뚱하게 오해될
수도 있는 전자의 표현은 '하늘'의 이미지와 붙여 읽어야
한다. 즉, 그것은 '밤'과 '하늘'이 문정희에게서 절대적인
연속성의 상징이라는 것을 이해해야 그 의미를 제대로 드
러낸다는 것이다. 그것은, 다음 귀절에서 분명하다.

끝끝내 하나뿐인
저 하늘 속에서
날개가 비밀처럼 반짝이네요.
　　〈달은 소리치고〉 부분, 문 p. 89, 강조 : 필자

　즉, 관능은 존재가 존재의 개별성을 뛰어넘어 생명 현상
전반에 관계를 맺게 해주는 능력이라는 것이다. 비연속적
존재인 개체로 하여금 연속성에 참여하게 해주는 능력.
에로스의 비개인적 자질. 그 원칙의 담지자는 문정희에게
서 '하늘'이라고 불린다. 그 하늘은 분명히 기독교의 인격
'신'을 암시하고 있지는 않다. 문정희의 신 개념은 대단히
소박해서, 그녀가 이해하고 있는 신은 〈난꽃 핀 날(별90)〉
이나 〈딸기를 깎으며(별88)〉에서 보이는 것처럼 자연신에
가깝다. 그러나 어쨌든, 문정희에게 그곳은 초월적 가치
의 발원지로 여겨진다. 다음 시는 거의 기독교적이기마저
하다.

눈은 하늘에서 오는 게 아니라
하늘보다 더 먼 곳에서 온다

여기 나기 전에
우리가 흔들리던 곳
빈 그네만이 걸려 있는
고향에서 온다
　　　　〈눈을 보며〉 부분, 문 p. 14

그러므로 생은 하늘 아래 생, 우리가 우리이기 이전에

하나였던 어떤 곳으로부터 우리됨의 원칙을 분배받아 사는 생이다. "끝끝내 같은 하늘", 개체의 비균질성을 지우는 균질성, 신플라톤주의자들이 "하나1´Un"이라고 불렀던 것. 문정희의 에로스의 궁극적인 의미는 따라서 한 "사내"를 만나는 것이 아니라, 바로 그 균질성의, 연속성의 신비에 참여하는 것이다. 다만, 비연속성에 기대어, 몸으로, 몸을 써서.

3. 잡답함으로 잡답함을 밀며

연속성에 참여하는 개체의 비밀, 관능의 날개는 다음 시에서 탁월하게 묘사된다.

> 흐르는 것이 어찌 강물뿐이랴
> 피도 흘러서 하늘로 가고
> 가랑잎도 흘러서 하늘로 간다.
> 어디서부터 흐르는지도 모르게
> 번쩍이는 길이 되어
> 떠나감 되어.
>
> 끝까지 잠 안 든 시간을
> 조금씩 얼굴에 묻혀 가지고
> 빛으로 咆哮하며
> 오르는 사랑아.
> 그걸 따라 우리도 모두 흘러서
> 울 이유도 없이
> 하늘로 하늘로 가고 있나니.

문정희의 새는 하늘을 향해 날아오르는 것이 아니라, 하늘을 향해 '흘러간다'. 왜냐하면, 그녀에게 모든 것은 생명의 흐름을 따라가는 것으로 인식되기 때문이다. 모든 것은 생명의 흐름 안에 한 줄기로 통합되어 있다. 그것을 이해하면, 어째서 그녀가 하늘을 "샘물(문118)"이라고 표현하는지, 왜 하필 그 하늘 아래에서 그녀가 어릴 때 새끼손가락에 박힌 가시를 "서럽게 파내시던 / 어머니(문119)"의 모습을 떠올리는지(생명은 죽음과 대결하여 새로운 육체를 재생산하는 여성의 비극적인 육체를 통하여 이어지므로), "댓닢 강물(문81)"이 왜 "하늘에 흐르는"지 알게 된다. 문정희는 언제나 '흐른다'. 젊었을 때 흘렀던 문정희는 중년이 되어서도 흐른다. 그래서 그녀에게 삶의 보편적인 원리는 '흐름'이라고 단정적으로 말할 수 있을 정도이다.

> 슬픔은 線이다. 點이 아니다.
> 저 하늘엔 한없는 강이 흐르고
> 죄없는 몸 숨결마다 소리 흐른다
> 오, 사랑 사랑 내 눈 감기어
>
> 늘 떠나가는 강물이 보이지 않고
> 제 모습 물거울에 담아 이고서
> 수천 실타래로 흔들리는 바람 속에
> 나는 또 하나의
> 線이 된다
> 　　　　　　　　〈線에 대하여〉 전문, 새 p. 41

모든 것은 생명을 통하여 이어져 있다. 시인은 자신의 아이들을 보며 이 직관을 더욱더 확고히하게 된다. 그녀는 "나 홀로는 / 절대히 살아있지 않「다」(혼143)"는 것을 느끼며, 아들과 자기 사이에 "강물"이 흘러간다고 말한다(찔 42). 인용시에 나타나는 "물거울"의 이미지 역시 주목할 만한데, '물'이 상징하는 생명의 흐름과 "거울"이 상징하는 자아동일성의 주제가 한 데 합쳐져 있다. 즉, 시인은 자신의 자아동일성을 생명 일체의 흐름 한가운데에서 파악하고 있는 것이다. 이 이미지는 제1시집에서 더욱 명료한 형태로 제시된다.

거울을 다오
리을리을 개구리여
이생 전생을 죄다 비치는 거울을 다오
네 거울 속에 전생의 까치 찾아와서 울거든
다시는 무엇으로도 태어나지 말고
저 쑥내나는 고향에,
거울을 벗고 갈 일이다.
〈큰 거울〉 부분, 문 p. 39, 강조 : 필자

향기로운 피
큰 물과 같이 흘러내리면

온몸에 빛나는 말을 달고
이 산속에 숨은 뱀들아

거울은 보지 말고

만나자꾸나.
〈사과를 먹으며〉 부분, 문 p. 57, 강조 : 필자

  생명의 물에 비추어 보면, 자아의 개체성은 소멸된다.
거울은 깨진다. 왜냐하면, 거울은 비연속적 외양의, 色의
도구이기 때문이다. 생명의 흐름 안에서 我相은 부서진다.
  그러나, 문정희의 탁월함은, 아이러니칼하게도, 그녀가
자신의 인간됨의 저열한 요소에, 또는 남성들의 형이상학
이 저열하다고 가르쳐 온 요소에 끝까지 매달린다는 데 있
다. 그것은, 그녀가 여자이기 때문이다. 즉, 식민지 백성
이기 때문이다. 여성됨이 식민지성이 아닐 때까지는, 황국
신민이 되려고 동포를 팔아먹어선 안 되는 것이다. 그녀는
거울을 집어든다. 그녀는 해탈할 생각이 없다. "석태는 조
금 끼었지만 / 지금도 꺼덕않는 / 천년의 욕심(하43)." 이
생명의 흐름에 관해서, 그녀는 그것을 단순히 관념적인 방
식으로 이해하는 대신, 그 흐름의 여성적 특징, 즉 여성적
피에 대한 이해쪽으로 방향을 선회한다.

  다리를 담그고 앉아
  천 년 후의
  항아리 한 개를 생각한다.
  (……)

  끝내 삭지 못할 빛깔
  벽돌이나 될까
          〈흐르는 물에〉 부분, 혼 p. p. 110 ~ 111

왜 하필 벽돌, 붉은 색의 무거운 돌멩이가? 훨훨 날아가 소멸되지 않고? 이 붉은 벽돌과 물의 상상적 결합은, 가장 원초적인 물, 무거운 물, 그것을 둘러싸고 여성에 대한 모든 금기와 억압의 제도가 형성되어 온 여성의 피를 떠올리게 만든다. 이 피에 대한 인식은, 문정희로 하여금 〈처용가〉를 흥미롭게 재해석하게 한다. 그녀는 〈처용가〉를 〈처용 아내의 노래〉로 바꾸어서, 그녀를 한반도 최초의 간통녀로 만들어 버린 '역신'이 실은 '빨간 몸손님'이었다고 해석한다(남27). 그녀의 해석을 좀더 밀어붙이면, 처용이 '가랑이 네 개'를 보게 된 이후로 확보하게 된 마술적 능력은, 아마도 거의 틀림없이 시간적 굴절을 겪어서 변형되었을 해석이 가르치는 바대로, '바람피운 마누라를 너그럽게 용서한 관대한 성품' 덕이 아니라, 이 여성적 피에 투사된 금기가 긍정적으로 변형된 결과일 것이라는 가설에까지 나아갈 수 있다. 실제로 인류학적으로 여성적 피의 상징적 의미는 양가적이다. 그것은 극단적으로 혐오스러운 것으로, 그리고 동시에 극단적으로 신성한 것으로 여겨진다. 카이유아는 《인간과 聖》(권은미 역, 문학동네, 1996)에서 이 피를 둘러싼 금기를 자세히 다루고 있다.

연속성으로 파악되는 생명의 흐름에 대한 대목은 문정희 시 안에 하도 많아서 일일이 인용하기 어려울 정도이다. 바람은 숲과, 숲은 메아리와, 메아리는 구름과, 구름은 창과, 창은 나와 연결되어 있다(문31). 그래서 그녀는 "물속과 하늘이 실로 뚫려서 / 헌 신 한 켤레로 갈 수 있다고(새 24)" 말한다. 한쪽에는 물질이 한쪽에는 비물질이, 한쪽에는 존재의 썩음이, 실존이, 한쪽에는 존재에 대한 인식, 존재의 영속성이, 또는 원하신다면, 불사의 믿음이. 또는 헤겔식으로 말해 보자. 노예의 의식과 주인의 의식이, 노예의 의식과 주인의 의식은 죽음을 둘러싸고 나뉜다. 어머니의 시신 앞에서 "썩지 마세요(……)/ 썩으세요(쩔50)"라고 말하며, 그 "두 개의 하늘 사이"에 끼겨서 문정희는 운다. 내가 그러듯이, 그대가 그러듯이. 엄연한 걸 어쩌느냔 말야! 그러나 믿을밖에. 육체는 육체인 만큼 비육체라고, 또는 나의 인식이 육체의 무거움을 인지하면 인지할수록 그것은 비육체의 자질을 가진다고. 이렇게.

> 내가 때묻은 만큼
> **빛**나는 손톱 끝에서
> **바람**이 변하여
> 비가 내리고
> 벗어나지 못하는
> 슬픈 둘레
> 그 사이에 끼인
> 뜨거운 하늘을 이고
> 내가 떠오르고 있었다.
> 〈불면〉 부분, 문 p. 120, 강조: 필자

때 / 빛 그리고 바람 / 비. 무거움 / 가벼움 그리고 가벼움 / 무거움. 절묘한 교호(交互).

연속성에 참여하는 존재에게 비연속적 존재로서의 실존은 새삼스럽다. 그렇다면? 문정희는 가능한 한 존재 안에서 많은 존재들을 이끌어내는 방식을 취한다. 육체라는 교두보를 확보한 채로, 육체 속에서 많은 다른 육체들을 끄집어내기. 마침 그녀의 육체는 생산성의 육체, 여성적 육체이기도 하니까. 그것은 육체라는 점에 기대어 선의 분절을 복수화하는 전략이다. 그녀의 시에 홀로 덩그마니 큰 덩치의 식물들보다는 자잘하고 종종한 댓잎, 싸리꽃, 콩, 콩꽃, 감자, 찔레꽃, 그리고 밤이라는 연속성의 바탕 위에 무수히 박힌 "별들"이 종종 나타나는 것은 그 때문이다. 만일 별이 달랑 혼자였더라면 그렇게 문정희에게 자주 소환당하지는 않았을 것이다. "큰 꽃(새24)" 되기 전의 작은 많은 "꽃들". "큰 별(찔43)"이 되기 전에 종종한 작은 "별 하나(……)별 둘".

> 부끄러운 낮보다는 **밤을 틈타서**
> 손을 뻗쳐 저 **하늘의 꿈을 감다가**
> (……)
> 마른 틈으로 귀가하여
> 도리깨질을 맞는다.
> **도리깨도 그냥은 때릴 수 없어**
> **허공 한 번 돌다 와 후려 때린다.**
> 마당에는 야무진 가을 아이들이 뒹군다.
> 흙을 다스리는 여자가 뒹군다.
> 〈콩〉 부분, 새 p. 7, 강조: 필자

콩이 맞는 매, 그래서 어미의 몸뚱이에서 다른 몸뚱이들을 튀어나오게 한 그 매의 뒷편에는 "하늘의 꿈"이 놓여 있다. 도리깨는 "허공을 돌다 와" 때린다. 그러므로 생명은, "애비와 에미(하32)"의 것이 아니라, 하늘의 것이다. 모든 자식들은 다 후레자식들이다. 그러니, 여자들은 시집을 가도 "유부녀「가」 아니며(별27)", 늘 '독신'이다. 또는

신의 아내들이다. 이런 언급을 통해서 문정희가 여성의 성적 자유를 주창하고 있다고 말하는 것은 피상적인 언급이다. 그것을 이해하기 위해서는, 인간이 이성의 육체를 필요로 하는 관능의 경험 안에서 오히려 철저하게 고독해진다는 것을 이해해야 한다. 그것은 나눔이, 향유가 불가능하다는 뜻이 아니다. 그것은 관능의 어느 깊은 영역에서 인간이 누리는 연속성의 경험의 의미가 철저하게 개인의 몫이라는 말이다.

> 내 몸 전체에 눈알이 박혀 있다.
> 네 눈 속에 내가 박혀 있다.
> 그래도 만나지 못한다.
> 뜨거움으로 가는 길은 만나지 못한다.
> 〈댓닢詞〉 부분, 새 p. 59

> 만지지 말아요.
> 이건 나의 슬픔이에요.
> 오랫동안 숨죽여 울며
> 황금시간을 으깨 만든
> 이건 오직 나의 것이에요
> 〈보석의 노래〉 부분, 찔 p. 135

2시집 이후에 문정희의 시는 조금씩 변모하기 시작한다. 초기시들이 약간은 관념적이며 모호한 구석이 있다는 흠은 가지고 있지만, 상당한 시적 인식을 확보하고 있었던 것에 비해서, 3시집과 4시집은 8년 간의 공백 기간을 메우기 힘들었던 듯 시적 긴장도 떨어져 있고, 시적 장치도 단순하고 밍밍해져 버렸다. 그러나 일정 수준 이상을 유지하고 있기는 하다. 이 기간은 아마도 모색기에 해당할 것 같다. 사이에 끼여 있는 미국 체류, 그것과 더불어 찾아온 문화충격, 그리고 어쩌면 본격적으로 시에 매달릴 수 없었던 어떤 현실적 어려움 등을 그 원인으로 짐작해 볼 수 있을 것 같다. 그리고 아마도 나이 탓? 어쩌면. 문정희 특유의 사나운 내면의 짐승은 이제 "눈망울 선한 짐승(혼94)"으로 바뀌고, "사랑은 불이 아니「라」(혼82)"고 말하기도 하고, "은으로 된 작은 새장에/ 그만 순하게 갇히고 싶「다」(찔37)"고 말하기도 한다.

문정희가 목소리를 되찾은 것은 제5시집 이후부터이다. 시인 자신도 그것을 인식한 것일까? 첫 시집의 수일한 이미지 〈하늘보다 먼 곳에 매인 그네〉가 시집의 제목으로 선택된다. "털 달린 짐승 다리(하82)"가 되돌아오고, 당당한 목소리도 회복된다. 그러나 그 사이에 이미 시인은 많이 변했다. 무엇보다도 눈에 띄는 것은, 시의 호흡이 길어지고, 표현이 능청스러워지고, 시의 서술적 특징이 눈에 띄게 달라졌다는 것이다. 시인은 시를 '쓰는' 대신 '말하기' 시작한다. 이 서술 전략의 변화의 궁극적인 의미는 다른 분석들을 적용해야 보다 정확히 드러날 테지만, 거칠게 말하는 것이 허용된다면, 그것은 시인 자신이 이제 세계를 구체적인 사실들을 통해 인식하기 시작했다는 것을 단적으로 드러낸다. 첫 시집의 실존의 가능성이 없는 그 "야성의 사나이", 허구 속의 "히스크리프"는 이제 역사 속의 실존 인물들로 대체된다. 물론 지금 존재하지 않는다는 것은 여전히 마찬가지이지만, 그 부재의 의미는 전혀 다르다. 하나는 완전한 부재이며, 하나는 덜 완전한 부재, 있었던,

지금은 없는 존재이다.

　최근의 시집 《남자를 위하여》에는 앞서 이야기한 변화가 한결 농익은 형태로 녹아 있다. 천연덕스러운, 그러나 절대로 천박하지는 않은, 솔직하고 거침없는 시들. 이 시집의 빼어난 점은, 시인이 손톱만큼의 허위 의식도 가지고 있지 않다는 점이다. 시인은 아무렇지도 않게 그냥 보통 여자 같은 자기자신을 보여준다. 살빼고 싶어하고, 돈 벌고 싶어하고, 편안한 것 좋아하고, '不惑'의 나이에 '惑'을 주렁주렁 달고 있는 그저그런 보통 아줌마 같은 자신을, 그렇다고 또 '아, 나는 반성한다', 그리고 탕탕 가슴을 치지도 않는다. 적절한 여유, 잡답함을 잡답하게 그저 밀고 가는 솔직함, 그리고 무엇보다도 유머. 그러나 그 때문에 이 시집의 문명 비판은 목청높은 문명비판시들보다 훨씬 더 설득력을 가진다. 〈내 안에 사는 문화인(남127)〉 같은 시를 읽다 보면, 뒷통수를 한대 얻어맞은 느낌이 든다. 시어의 변화도 두드러진다. 초기 시들의 칼칼한, 날카로운, 특별한 말들 대신에 그냥 평범한 일상어가 시의 행간을 자유롭게 누비고 다닌다. 비어들마저도 천연덕스레 한몫을 하고 있다. 그러나 그 말들, 아무렇게나 풀어놓은 듯한 그 말들은 아주 기묘한 품격을 유지하고 있다. 그건 어떤 경지라고나 표현해야 할 것이다. 아무나 '똥구'라는 말을 시 속에서 쓸 수 있는 것은 아니다.

　그러나 그래도 나는 초기의 문정희가 그립다. 그 칼칼한 시적 역량을 깊이 아주 영혼 깊이 끌어내릴 순 없었을까? 본능의 들끓는 힘을 사유의 깊이에 실어 서늘한 영혼의 깊이로 변형시킬 순 없었을까? 지성은 꼭 그렇게 문정희가 생각했듯이, 시의 적이기만 한 것일까? 현실은 꼭 그렇게 세속에만 있는 것일까? 세계를 사랑하기 위해선 꼭 파계해야만 하는 것일까?

그 질문에 대답해야 할 사람은, 물론, 문정희가 아니라 나 자신이다. 문정희는 이미 자신의 길을 선택했기 때문이다. 나는 그 선택을 존중한다. 그것은 그녀의 길이다. 그것은 그것대로 옳은 것이다. 수상을 진심으로 축하하며, 앞으로도 오래도록, 오래도록 시를 쓰기 바란다. 이건 물론 저주이다. 문정희가 기꺼이 받을 저주, 축복인 저주. 총총.

제11회 소월시문학상 작품집

초판 1쇄_1996년 7월   6일
초판 5쇄_2007년 5월 11일

지은이_ 나희덕 외
펴낸이_ 전성은
펴낸곳_ 문학사상사
주소_ 서울특별시 송파구 오금동 91번지(138-858)
등록_ 1973년 3월 21일 제1-137호

편집부_ 3401-8543~4
영업부_ 3401-8540~2
팩시밀리_ 3401-8741~2
한글도메인_ 문학사상
홈페이지_ www.munsa.co.kr
E메일_ munsa@munsa.co.kr
지로계좌_ 3006111

ISBN 978-89-7012-213-7 03810

김승희 詩集 달걀 속의 生

닫혀 있는 거대한 전천후 냉장고 속에서 자신들이 죽어 가고 있다는 사실조차 의식하지 못한 채 살고 있는 현대인들에게 이 시집은 일상의 편린들을 삶의 진리로 승화시키는 방법을 제시하고 있다.

정한모 詩集 原點에 서서

세월이 흐를수록 생명감에 대한 저해 요인이 늘어나기만 하는 현재의 생활에서 비자연화, 비인간화의 추세가 가속화할수록 생명에 대한 사랑과 원초적인 것에 대한 그리움과 갈망이 담긴 시편.

이사라 詩集 히브리인의 마을 앞에서

시인은 엽서와 통화, 그리고 편지 전보 등의 언어를 통해서 타인과의 교신, 잃어버린 자아의 이름을 찾기 위한 치열한 몸부림을 시라는 언어로 보여 주고 있다.

이성선 詩集 새벽 꽃 향기

자연으로 일컬어지는 우주적 질서에 대한 외경에서 출발하는 시인은 우주 속에서 시인이 자리한 일상의 세계를 만나게 하는, 자리의 설정을 보여 주고 있다.

정한숙 詩集 잠든 숲속을 걸으면

우리의 인생 체험에는 어떤 고답적인 구도나 사유 따위는 불필요한 것이며 다만 실제 살아온 이야기, 현실과 생활과 자신의 행동이 일치되어 나온 체험적 진실만이 필요한 것이라고 주장한다.

유안진 詩集 月令歌 쑥대머리

우리의 의식을 무겁게 짓누르고 흔들어대는 정보 산업 사회를 사는 현대인의 고뇌를 함께 앓고 함께 씻어 냄으로써 영혼의 정화를 돕고 있는 시편.

김완하 詩集 그리움 없인 저 별 내 가슴에 닿지 못한다

신서정의 가능성을 열어 가고 있는 시인. 그의 시에는 요즈음 일부 젊은 시인들의 시에 보이는 현학성과 취미, 수다스러움이 없다.

장 욱 詩集 사랑엔 피해자뿐 가해자는 없다

오늘날과 같은 기계문명의 시대, 환경파괴의 시대에 생명력과 인간회복을 갈망함으로써 삶의 온전성 또는 총체성을 획득하려는 성격을 지니는 시.

강희안 詩集 지나간 슬픔이 강물이라면

경박하고 천덕스러운 말장난이 신세대 감성의 혁명으로 일컬어지는 때에 어떤 시류에도 휩쓸리지 않고 진지한 자세로 노래하는 모습이 가히 믿음직스럽다.